恶意之山
THE HILL OF EVIL COUNSEL

AMOS OZ

〔以〕阿摩司·奥兹 著
陈腾华 译

人民文学出版社
PEOPLE'S LITERATURE PUBLISHING HOUSE

著作权合同登记号　图字 01-2017-2995

THE HILL OF EVIL COUNSEL
Copyright © 1976，Amos Oz
All rights reserved

图书在版编目(CIP)数据

恶意之山 /(以)阿摩司·奥兹著；陈腾华译. —
北京：人民文学出版社，2017
ISBN 978-7-02-012669-9

Ⅰ.①恶…　Ⅱ.①阿…　②陈…　Ⅲ.①短篇小说-小说集-以色列-现代　Ⅳ.①I382.45

中国版本图书馆 CIP 数据核字(2017)第 071406 号

| 责任编辑 | 朱卫净　何家炜　邰莉莉 |
| 装帧设计 | 钱　珺 |

出版发行	人民文学出版社
社　　址	北京市朝内大街 166 号
邮政编码	100705
网　　址	http://www.rw-cn.com
印　　制	上海利丰雅高印刷有限公司
经　　销	全国新华书店等
字　　数	140 千字
开　　本	850×1168 毫米　1/32
印　　张	8.75　插页　5
版　　次	2017 年 11 月北京第 1 版
印　　次	2017 年 11 月第 1 次印刷
书　　号	978-7-02-012669-9
定　　价	49.00 元

如有印装质量问题，请与本社图书销售中心调换。电话：010-65233595

恶意之山

一

　　漆黑。漆黑中，一个女人说：我不怕。一个男人回答说：是啊，你不怕。另一个男人说：肃静。

　　尔后，昏暗的灯光从舞台两侧亮起，帷幕打开，全场肃静。

　　一九四六年五月，即盟军胜利一年之后，犹太人代表处[①]在爱迪逊电影院举行了一场盛大的庆典活动。墙壁上悬挂着大不列颠和犹太复国运动的旗帜。舞台前沿摆放着一盆盆剑兰，舞台上方的横幅上写着《圣经》引文：愿你城中平安，愿你宫内兴旺。[②]

　　耶路撒冷的英国总督迈着军人的步伐登上舞台发表了简

[①] 1922年7月，国际联盟委托英国管辖巴勒斯坦，英国委任统治当局让犹太人和阿拉伯社团各自管辖自己的内部事务。犹太人成立了代表犹太人与当局、外国政府和国际组织打交道的"犹太人代表处"。

[②] 出自《圣经·旧约·诗篇》122：7，沿用和合本译文。

短的祝辞。总督在祝辞中插了一个耐人寻味的笑话，读了几行拜伦的诗。犹太复国运动领导人莫谢·歇托克紧随其后用英语和希伯来语表达了犹太社团的感受。为了防止地下运动分子捣乱，头戴红色贝雷帽、手持半自动步枪的英军士兵站立在舞台两侧的拐角和所有入口。高级专员阿兰·坎宁汉姆爵士笔挺地坐在包厢前排。在包厢前排就座的还有手握望远镜的贵妇人和军官。舞台上，身着蓝色衬衣的拓荒者合唱团唱起了劳工歌曲。这些用俄语演唱的歌曲和观众的心情一样充满忧郁，毫无欢快可言。

演唱结束后，电影开始了。银幕上，蒙哥马利的坦克横穿西部沙漠，掀起漫天尘土。坦克碾过壕沟，压过铁丝网，天线直指灰蒙蒙的沙漠云空。轰鸣的炮声和英军军歌充斥着整个电影院。

忽然，包厢里一阵轻微的骚动。

电影戛然而止，灯光亮起。一个傲慢的声音（或者说是粗暴的命令）传来：这里有医生吗？

在第二十九排座位上端坐的父亲扣好领口迅速站了起来。他悄声嘱咐希勒尔照顾好母亲，别让她焦急，他处理完事情就回来。然后，他像一个冒着生命危险冲进火场英勇扑火的男子汉，转身拨开人群冲向楼梯。

据说是高级专员的老嫂子勃劳姆雷夫人突然晕过去了。

她身着一袭白色长裙,脸色也惨白如斯。父亲急忙向行政长官表明了自己的身份,上前将老夫人乏力的手臂搭在肩上,一如风度翩翩的骑士抱起睡美人,搀着勃劳姆雷夫人进了女化妆室,扶她在弹簧凳上坐好,给她递上一杯凉水。三位身穿晚礼服的英军高级军官紧随其后,把病人围成半圆。一位军官托起老夫人的头,帮她艰难地喝了一口水。一位身穿军服的空军老中校从她的白色坤包里抽出一把扇子,小心翼翼地打开,对着她的脸轻轻地扇起来。

老夫人疲惫地张开眼睛,不无嘲讽地望了望围着她团团转的绅士们。她骨瘦如柴,形容枯槁,猩红色的嘴唇,尖尖的鼻梁,脸上挂着一成不变的尖酸刻薄的怒容,宛如一只干渴的鸟。

"怎么样,医生,"空军中校尖刻地问父亲,"说说你的看法。"

父亲怔了一下,连声道歉。他突然下定决心,俯身用保养良好和灵敏的手指解开夫人紧束的腰带。勃劳姆雷夫人立即感到好了许多。她用皱巴巴的手拉直长裙的滚边,紧闭的嘴唇咧开一道缝,露出干涩的微笑。她翘起老腿,嗓子里发出微弱尖锐的声音:

"都怪这天气。"

"夫人……"一个军官礼貌地开口道。

但老夫人并不理睬他,扭转脸对父亲说:

"年轻人,请你把窗户打开好吗?对,还有那一扇。我需要空气。多迷人的孩子。"

她之所以这样说话,是因为看到他穿着咔叽裤、白色运动衫和凉鞋,一副侍者打扮,而不像一个医生。她曾经在孟买的花园里、山峰上和喷泉旁度过她整个青春年华,看惯了类似打扮的侍从。

父亲默默地打开了所有的窗户。

耶路撒冷的晚风徐徐飘进,空气中混杂着菜蔬、松树和垃圾的气味。

他从口袋里掏出一个急救药盒,小心翼翼地打开,捡出一片阿司匹林递给勃劳姆雷夫人。他不知道英文如何说"偏头痛",只好用德文代替。毫无疑问,此时在他那圆圆的眼镜后面,眼神里既有同情,又显乐观。

几分钟后,勃劳姆雷夫人叫人扶她回包厢。一个高级军官记下父亲的名字,干巴巴地说了一声谢谢,惹得周围的人都笑了起来。军官稍有迟疑,突然伸出手,握了握父亲的手。

父亲回到自己的座位上,在妻子和儿子中间坐下来,说:

"没事了。仅仅是天气的原因。"

灯光再次转暗,蒙哥马利将军继续无情地跨过沙漠追逐隆美尔将军。烈火与尘土布满了整个银幕。在令人心醉神迷的风笛背景声中,推出隆美尔绝望的特写镜头。

电影结束了,乐队奏起英国国歌和犹太复国运动主题曲,庆典圆满结束。人们离开爱迪逊电影院打道回府。

耶路撒冷晚霞满天。远处,秃山历历在目,孤零零的高楼四处散立,低矮的石屋子散落在遥遥的斜坡上。小街里,树影瑟瑟,城市在痛苦的渴望中飘摇。各家各户都亮起了灯。人们企盼正浓,期盼着一个崭新的声音倏忽破空。然而,到处只有一成不变的声响。一个妇人在呢喃,一扇破窗嘎嘎作响,一只怀春的猫儿在后院的垃圾桶之间尖叫,还有隐约传来的钟声。

一位英俊的布哈拉①理发匠穿着白色外衣,孤零零地站在空无一人的理发铺的窗前,哼唱着为自己剃须。窗外,一辆架着机关枪的英军巡逻吉普穿过街道,黄铜子弹在弹链上闪闪发光。

一个老妇人孤独地坐在底层店铺门前的木凳上,泥水匠

---

① 乌兹别克西部城市。

般干枯的双手沉重地歇在膝盖上，头顶映着黄昏的最后一道光线。她蠕动着嘴唇，但默默无语。店铺里，另一个妇人用意第绪语说："这么好的天，说变就要变的。"

老妇人木然不动，毫无反应。

恩普雷斯洗衣店门外，一个乞丐缠住父亲，强讨了一枚两分的铜币。他骂骂咧咧地说了一声感谢上帝，又咬牙切齿地连声诅咒犹太人代表处，他手中的木棍恶狠狠地挥向胡同口窜出来的猫。

东方，钟声绵绵：高亢的，低沉的，俄国教派的，英国教派的，希腊的，阿比西尼亚的，拉丁的，美国的，像是瘟疫或大火正在蹂躏这个城市。然而，如许钟声只是对着黎明前的黑暗呼唤。微风自西北吹来——也许来自大海，吹拂着市政厅种植在马拉齐大街两旁的白树树尖，吹乱了孩子的鬈发。这是傍晚时分，一只不见踪影的小鸟发出声声怪叫，墙缝中挤出斑斑青苔，铁锈在残旧的窗扇和阳台扶栏上蔓延。耶路撒冷在残阳中沉寂地伫立。

夜里，孩子被气喘再次惊醒。父亲赤脚走过来，轻轻地唱起催眠曲：

夜色已经笼罩天空，

到了宝宝睡觉的时候；

小羊羔儿停止了跳跃，

所有动物都已合眼；

鸟儿归了巢，

耶路撒冷的人啊在睡觉。

临近清晨，从特拉扎山丘下的干河谷里传来野狗的声声号叫。屋子靠墙的另一边，房客米提亚从梦中惊叫起来："放开他！他还活着！Y-a ny-e zna-yu。"然后又睡了过去。远处，圣赫得里亚区和舒阿法特的阿拉伯村庄的公鸡报晓了。在第一缕阳光中，父亲穿上咔叽裤和凉鞋，套上熨得整整齐齐的大口袋衬衫上班去了。母亲一直睡到邻居的婆姨们在院子里噼里啪啦地拍枕头和被褥的时候才醒来。她穿着绸睡袍到厨房给孩子做早餐。早餐是一只嫩嫩的水煮鸡蛋、一碗麦片粥和一杯去皮可可奶。她给他梳理鬓发。

希勒尔说："别动，让我自己来。"

一个年迈的玻璃匠人在沿街吆喝："专业装玻璃！美国货！修理各式窗户玻璃！"孩子们跟在后面，追喊着"疯子，疯子"。

几天以后，父亲意外地收到一份烫金请帖，准许他携侣出席在恶意山高级专员官邸举行的五月舞会。在请帖背面，秘书用英语写了一句话：

谨转达：勃劳姆雷夫人对奇普尼斯医生的谢忱和深深的歉意。阿兰爵士谨此表达赞赏之意。

其实，父亲不是医生，他是兽医。

二

父亲生于西里西亚①，并长于斯。著名的地理学家汉斯·沃尔特·兰铎尔是祖母的舅舅。父亲曾在莱比锡兽医学院学习兽医，专业是热带和亚热带牲口病。

一九三二年，父亲移民巴勒斯坦，梦想在山区办一个养牛场。他是个知书达理的年轻人，文静、守规矩，对生活充满希望。他想象中的生活是带着手杖，跨上帆布挂包在加利利群山中游历，从树林里踩出一条小道，用双手在小河边上

---

① 中欧西部奥得河中上游地区总称，二战后绝大部分划入波兰，小部分分别划入德国和捷克。

盖起一间带阁楼和地窖的斜顶木屋。他计划请几个牧民，饲养一群牛；白天在牧场上漫步，晚上在挂满狩猎战利品的房间里啃书、写论文或写几首脍炙人口的诗。

三个月来，他一直住在雅苏德·哈马阿拉小镇的一家客栈。他整天围着东加利利湖游荡，寻找胡拉沼泽的水牛。他的身体虽然消瘦了，但换得一身古铜色的皮肤，眼镜下面的眼睛就像北部雪域的湖水一般湛蓝。他要努力去适应边区荒凉的群山和久久不去的夏天、枯蓟和羊粪的臭味，以及草木灰和掀起滚滚尘土的东风。

他在哈尔莎的阿拉伯村庄邂逅了一位来自巴伐利亚的鸟类学家。这是一个孤独的宗教狂，坚信犹太人回归故土是拯救世界的先兆。他采集资料，准备出版有关圣地鸟类的鸿篇巨著。他们结伴在马哈云河谷、纳芙塔利山区相胡拉沼泽游历。他们无意中闯入了边远的约旦河源头，整天坐在茂盛的绿荫下，背诵着记忆所及的席勒诗句，述说各种鸟兽的学名。

舅公给父亲的钱快花完了，他开始担心今后怎么办，于是决定到耶路撒冷去碰运气。他告别了流浪的巴伐利亚鸟类学家，背上少得可怜的行李走了。在秋天的一个上午，他来到了耶路撒冷犹太人代表处的阿瑟·鲁宾博士办公室。鲁宾博士很喜欢这位来自加利利的一身古铜色皮肤的文静孩子。

他记得年轻时候曾经通过兰铎尔编撰的大地图集研究热带国家。他拿出本子认真记录父亲准备在加利利山区建立养牛场的设想要点。在结束陈述之时,父亲说:

"这是一个不容易付诸实践的计划,但我相信并非没有可能。"

鲁宾博士苦笑着回答:

"不无可能,但难于付诸实践。非常困难!"

他提出几点不利因素,劝父亲暂时搁置这个计划,将钱投进内兹约纳定居点附近的一个新兴柑橘种植带,并着手在特拉扎新郊区买一座小屋,这是耶路撒冷北部目前正在兴建的住宅区的一部分。

父亲没有同意。

过了几天,鲁宾博士任命父亲为政府的巡回兽医官,还特意请他到瑞哈维亚的家里做客。

几年来,父亲天不亮就起床,搭乘脏兮兮的公共汽车四处奔走,上至伯利恒和拉马拉,下至杰里科,远至里达,代表政府监督村民们养牛。

父亲在内兹约纳定居点附近柑橘园的投资开始有了一些收入。他把这些收入连同政府薪水的一部分存进英-巴银行。

他在特拉扎买了一间房子，做了简单的布置。他买了一张床，一张书桌，一个衣柜和几个书架。他把舅公的照片悬挂在书桌上方。于是，著名的地理学家汉斯·沃尔特·兰铎尔每天都用怀疑和夸张的眼光惊讶地俯视着父亲，在晚上的灯光下更是如此。

在农村旅行的时候，父亲非常注意采集稀罕的蓟种，同时也收集化石和古代诗歌，小心翼翼地整理这些东西，等候能够派上用场的时机。

这个时候，他和西里西亚的祖母以及自己的姐妹之间一直没有联系。

几年过去了，父亲学会了一些阿拉伯语，也适应了孤独。他暂时放弃了创作脍炙人口诗篇的念头。面对这片土地和居住在这片土地上的居民，他每天都有新的体会，甚至对自己也偶有新的看法。他没有放弃加利利养牛场的梦想，但是阁楼和地窖似乎没有必要了，也许本来就是幼稚之想。一天傍晚，他情不自禁地对着舅公的相片喊道：

"等着瞧吧，好时光会来的，我和您一样有恒心。您可以笑话我，但我不介意。您尽管笑话吧。"

晚上，在台灯下，父亲在日记中记下对祖母和他的姐妹们的挂念，记录沙漠旱风带来的沮丧、熟人怪异的特征以及在荒凉的农村旅行的甘苦。他坐下来用心遣词造句，记下工作中值得总结的经验教训。他觉得有责任把各种环境下生活的犹太人社区的进步和他的乐观期许记录下来。他甚至将记录几经修改，对孤独是好是坏进行排序。他也在日记中吞吞吐吐地期许总有一天要面对的爱情。然后，他把这一页小心地揭下来撕成碎片。他在《青年工人》周刊上发表了一篇赞成喝羊奶的文章。

晚上，他也到瑞哈维亚鲁宾博士的家里喝咖啡和品尝奶油蛋糕，去拜访同乡尤里斯·魏德曼教授。老教授也住在瑞哈维亚，离鲁宾博士家不远。远处偶然传来隐隐约约的钢琴声，如泣如诉。夏天，山麓的岩石晒得发烫；冬天，耶路撒冷雾气蒙蒙。难民和拓荒者不断从国外拥来，使整个城市充满了痛苦和迷茫。父亲从难民手中收购书籍，其中有一些美轮美奂但散发出一股霉味的牛皮面精装书籍。他时不时和鲁宾博士或尤里斯·魏德曼教授交换书籍。老教授习惯用匆忙拘谨的方式拥抱父亲以表示致意。

村里的阿拉伯人有时会给父亲来一杯冰镇石榴汁，偶尔也亲亲他的手。他学会了对着水罐喝水而不让水罐碰到自己的嘴唇。有一次，一个女人火辣辣的黑眼睛直勾勾地盯着他，使他浑身不自在,急忙避开。

他在日记里写道:"我已经在耶路撒冷生活三年了,仍然愿意继续在这里生活下去。这里的一切似乎使我回到了莱比锡的学生时代。当然,这里也有使我矛盾的时候。"父亲沉思了一会儿,接着含糊其词地写道:"其实,一切无不在矛盾之中。昨天上午在利弗塔,有人要求我放倒一匹健壮的好马,原因是一些年轻人在夜里用钉子把马的眼睛刺瞎了。太残忍了。我觉得这是一件卑鄙的事,真是不可理喻。同一天晚上在克亚特·阿纳维姆基布兹,拓荒者在留声机上放巴赫组曲,引起我对他们深深的同情,也为那匹马,为巴赫,为我自己。我几乎哭了。明天是英王的诞辰,所有在局里工作的工人们都会收到一份特别的红包。一切无不在矛盾之中。连天公都不作美。"

母亲说:"我穿一件V形开领蓝裙去跳舞。我会成为舞后的。我们还要坐出租车去。"

父亲说:"没错,可别忘了落下一只水晶鞋。"

希勒尔说:"我也去。"

但是,小孩是不允许出席高级专员官邸举行的舞会的,即使是好孩子,哪怕看上去比他们的年龄还成熟的孩子也不行，而且舞会不可能在午夜前结束。没办法，只好委屈希勒尔到隔壁钢琴师亚波洛娃夫人家里去，和她的侄女留波夫（她自称宾亚米娜·伊万·汉恩）度过这个夜晚了。当然，她们会给他开留声机，管他晚饭，让他玩一会儿她们收藏的各民族的玩具娃娃，然后打发他睡觉。

希勒尔提出强烈抗议："可我要对高级专员说谁对谁错。"

父亲颇为耐心地回答说："当然是我们对，我认为高级专员心里也明白这个道理。但是他要按照英王的谕旨去做。"

"我不妒忌英王，上帝会惩罚他的。米提亚叔叔把英王叫做阿尔比恩①暴君，说地下运动组织要抓他，把他吊死，因为他破坏了以色列的遗迹。"孩子激动地一口气把话说完。

父亲不得不斟酌一番，用温和的语调回答说：

"米提亚叔叔有时太夸张了一点。英王不是暴君，只有乔治六世才是。因为没有王储，英王将传位给公主。还有，如果不是自卫杀人，那叫谋杀。现在，希勒尔一世国王陛下，请把可可喝了，然后去刷牙。"

母亲嘴里咬着发卡，手里拿着琥珀耳坠说：

"乔治国王孱弱苍白，总是郁郁寡欢。"

---

① 古代希腊人和罗马人对英格兰的蔑称。

三

三年级行将结束的时候,希勒尔写了一封信,用父亲的打字机打了三份。他将其中两份分别寄给伦敦的国王和高级专员。他在信中写道:"根据《圣经》和正义的要求,这里的土地属于我们。请立即离开以色列,回到英国去。趁现在还来得及。"

第三份在激动的邻居手中传阅。钢琴师亚波洛娃夫人说:"好一个儿童诗人!"她的侄女留波夫·宾亚米娜补充说:"你看他的鬈发多帅!我们应当给魏茨曼[①]博士寄一份去,给他一份惊喜。"工程师勃列津斯基说不要夸夸其谈,城墙不可能建造在华丽词藻上。不久,高级专员的秘书杰拉尔德·林德莱用正式的政府信笺写了一封简短的回信:"来函收悉,不胜感激。来函内容已及时记录在案。政府当随时接纳公众建议。您忠诚的仆人。"

夏日的蓝天下,花园里的天竺葵火红一片;清纯的阳光渗入无花果树杈,风搅得树叶碎影零乱。晨曦中,朝阳从斯

[①] 魏茨曼(1874—1952),以色列政治家,出生于俄国,曾任犹太复国运动组织主席,以色列第一任总统。

格帕斯山后腾空而起,开始了煎熬城市的一天。刹那间,金顶清真寺和银顶清真寺①如同在烈焰中焚烧。群鸟蜂拥扑来,或在欢叫,或在哀鸣。

早晨的阳光已经将花园里的金属排水管炙热,摸上去很舒服。赤脚的希勒尔十分惬意地走在父亲铺设的白色碎石花径上——花径从阳台铺到篱笆,一直伸延到花园深处的无花果树下。

花园不大,但设计规整,井井有条,而且照管得很好。父亲是在这座园子里实践他的梦想。他要在多风的峡谷中,在沙漠季风中,在荒凉、顽石四伏的沟壑里,规整出错落有致的花圃,打造一个使人神清气爽的世外桃源。

我们家周围是特拉扎的住宅小区,坡顶上零零星星有一些新房子。山像是一夜之间被挪移,默默地敞开胸怀接纳这些崭新的居所和羞怯的小树,以及尚未铺就的公路和对未来的憧憬。一群阿拉伯山羊在作践草地上挣扎出土的菊花、水仙和金鱼草。牧童如同一棵枯树,木讷地站在那里,对肆虐

---

① 指耶路撒冷圣殿山上犹太圣殿遗址哭墙上方的阿克萨清真寺(由伊斯兰教创始之前的古代先知苏莱曼创建,曾毁于地震,多次修葺后又遭十字军破坏,1187年萨拉丁收复耶路撒冷后重修此寺)和萨赫拉清真寺(公元691年—694年由倭马亚王朝哈里发主持修建,寺内有一块蓝色巨石,相传先知穆罕默德踩着此石登天落地)。

的羊群视而不见。

希勒尔整天与光秃秃的群山相对，偶尔也从蔚蓝天空的云海中感觉到浓浓秋意正在目所不及的山谷中酝酿。

秋天已经逼近，阳光日见灰暗，群山也将被低云缠绕。到那时，他就可以爬上无花果树冠，透过秋光去观海，遥望沙漠和乱云中的小岛以及父亲曾经不加形容而母亲则饱含热泪企盼的神秘大陆。

父亲曾经说过，那片美丽的土地由于盲目的仇恨令我们作呕。因此，我们要亲手在这里辟出一片美丽千万倍的家园。可母亲说这里的土地只是个后花园，永远不可能有像那里的河流、教堂和森林。房客米提亚叔叔则抿着满口龋牙，词不达意地诉说着分娩的痛苦、死亡的恐怖、谋杀先知的耶路撒冷和上帝对废弃的巴比伦的诅咒。他还是个素食主义者。

希勒尔弄不懂米提亚到底是赞同父亲的说法还是赞同母亲的观点。母亲所说似乎和希勒尔的想法大相径庭。无奈，他只好躲进花园深处，藏在无花果树权之中寻觅秋天的气息。秋天会来的。忧郁的秋天将伴他上学，伴他去上亚波洛娃夫人的音乐课，伴他去"赎救锡安"图书馆，伴他睡觉，伴他进入梦境。当屋外暴雨倾盆，他将坐在屋里为班级板报写稿。"森林"这个词——母亲在诋毁这片土地时曾经用过的一个词——像是一个怪诞哀伤的诅咒在他心中挥之不去。

四

希勒尔是个笨拙的胖小子,他在花园深处为自己营造了一个藏身地,有时在无花果树后,有时在树上。他把这个地方叫做"隐居点"。他在那里藏匿,秘密地享受邻居婆姨们给他的棒棒糖,还在那里梦游非洲,探寻尼罗河源头和丛林雄狮。

他常常因为气喘病在梦中惊醒,特别在初夏时节。发烧、气喘使他产生幻觉,看到白色的怪物破窗而入,向他咯咯怪笑,使他受到惊吓而哭喊。这时候,父亲就会端着蜡烛走过来坐在床前,为他唱催眠曲,让他安静下来。邻居婆姨们和幼儿园的老师们都疼爱希勒尔,常常用俄国方式亲他,或者向他展示波兰式的热情,亲切地叫他"小樱桃",并且常常在他的脸上、嘴上留下猩红的唇印。这些女人个个胖得可爱,热情如火。当然,生活的艰难也在她们脸上留下深深的烙印,生活并非如人所愿。钢琴师亚波洛娃和她的侄女留波夫(她自称宾亚米娜·伊文·本恩)以铿锵激昂的技法演奏钢琴,似乎要以傲慢和愤怒抨击生活对她们不公平。药剂师维希尼亚克太太常常在希勒尔面前喋喋不休,说只有孩子们才是犹太人民的唯一希望。有时,希勒尔也会因此扪心自省或感到忧郁。但是过后他会用甜美的格言引她们高兴。他说:"生活就像一只大转盘,人人都有时来运转的时候。"

希勒尔的说法激起她们感情的涟漪。

但是,特拉扎的孩子们给他起了一个不雅的绰号叫"果冻"。那些顽皮的瘦女孩、满肚子坏水的东方姑娘总喜欢把他摔在沙堆上,或者扯他的金发逗乐。她们脖子上挂着护身符和钥匙,身上散发出刺鼻的花生味、汗臭味、肥皂味和哈尔瓦糖的甜味①。希勒尔总是逆来顺受,等她们疯够了,然后忍着眼泪喘着气爬起来,拍干净短裤和背心上的尘土,一副悲天悯人的眼神,大有君子不计小人过的风度。他原谅那些不知轻重的女孩,因为这些人不幸的父兄或是下层社会的混混,或是足球场上的霸王。也许她们的母亲姐姐正在和英军士兵鬼混。生为东方女孩是糟透了的事。有个东方女孩充满汗水味的背心下乳房甚至都隆起来了。希勒尔几经思索,决定原谅她们,也为自己能够理解和宽恕充满了自爱之心。

实在忍不住的时候,他就跑到维希尼亚克太太的药房哭

---

① 一种用碎芝麻拌上蜂蜜等材料混合而成的甜食,原产于土耳其。

一会儿。他不是为伤痕哭泣，而是为女孩们的残忍和自己表现出的宽宏大量。维希尼亚克太太吻他，奖励他一颗棒棒糖，给他讲蓝色河堤上早就不存在的风车磨坊。他则告诉她前天晚上做的梦。他给自己圆梦，解释得颇有诗境。末了，他就去亚波洛娃夫人和宾亚米娜家里，在空气浑浊、昏暗无比的房间里练琴。他把维希尼亚克太太那里得到的关爱奉献给摆放在餐柜上桀骜不驯的贝多芬铜像。想开点吧，青年时代的赫茨尔[①]曾被称为街上狂人，而比阿力克[②]过去总是挨打。

睡觉之前，希勒尔穿着睡衣来到父亲的房间。这个房间叫做书斋，有书架、书桌，还有一个摆放化石和古董的玻璃橱柜。整个房间再现了汉斯·沃尔特·兰铎尔的一帧黑白照片里的陈设。

他说几句颇具睿智的话讨好客人，然后回房睡觉。走廊那边，大人们暧昧的说话使他情不自禁地把手伸进裤裆去拨

[①] 赫茨尔（1860—1904），奥地利作家，出生于匈牙利，犹太复国主义运动创始人，1896 年他出版了主张犹太人应当定居故土的作品《犹太国》。

[②] 比阿力克（1873—1934），犹太诗人、翻译家，生于乌克兰，1924 年定居巴勒斯坦，主要以希伯来语写作。他的长诗《犹太法典学生》和《杀戮之城》奠定了他作为现代主要的希伯来诗人的地位。

弄小鸡巴。

黑暗中传来留波夫·宾亚米娜悲怆的大提琴声。他突然对自己产生了鄙视，自叫"果冻"。他为男男女女感到悲哀，在悲天悯人的思绪中进入了梦乡。

"他真是一个好孩子，"维希尼亚克太太用意地绪语称赞他，"和他一家人一样聪明、机智。整个一小机灵鬼。"

父亲用铁条和旧铁丝网在矮篱外边围了一圈，涂上明亮的颜色。篱笆外面是一片荒地，到处是铁片和土块，到处飘着蓟和羊粪的臭味。再远一点是空阔的树林，孩子们曾经在那里发现一具被野兽咬掉一半的陈尸，是个穿着亲兵军服的土耳其士兵。那里还有一道荒芜的斜坡，夜间有很多蜥蜴和蛇到处乱窜，可能还有鬣狗。荒草地中间隔着一片光秃秃的乱石丘，穿着沙漠长袍的阿拉伯人整天在这之间放牧。再远处是蜿蜒不断的不知名高山和村庄，一直伸延到世界的尽头。在拉马拉市郊的舒阿法特和纳比山姆维尔，宣礼人站在清真寺光塔上宣礼，声音在暮色中随风传扬。那里还有穿黑袍的妇女和声音粗嘎、狡诈的年轻人，以及令人隐隐产生邪恶意念的气氛：远方，恒久的耐心，无休止地观察着你观察不到的。

母亲说:"汉斯,当你像玩具熊那样伴着你曾经治疗过的那位老太太跳舞的时候,我会穿着蓝色长裙,独自坐在露台尽头的柳条椅上呷马提尼,自得其乐。然后,我会突然站起来,去和耶路撒冷总督跳舞,甚至和阿兰爵士本人跳舞。这时就该轮到你坐了,你一定不会开心的。"

父亲说:"别让孩子听到,他已经能够完全理解你说的话了。"

希勒尔说:"那又怎么样?"

为了舞会,父亲向邻居勃列泽津斯基工程师借了一套波兰罗兹省切什苏帕克纺织厂出产的英式晚礼服。母亲整个上午都坐在阴凉的阳台上改礼服。

午饭时分,父亲对着镜子试服装。他耸耸肩说:"怪怪的。"

母亲大笑着说:"别让孩子听到,他已经懂事了。"

希勒尔说:"那又怎么样?'怪怪的'又不是个脏字。"

父亲说:"所有的字本身都不脏。一般来说,只是听者有意而已。"

母亲接着说:"到处都有'脏'的存在,可能是在你给灌输的伟大主义中,也可能在你无意识的话中。怪怪的,是吧?"

父亲无言以对。

那天上午的《纪事报》报道说,白皮书的政治倾向正在把局势引向死胡同。希勒尔绞尽脑汁,总算对"死胡同"这个字眼有所理解。

那位素食的房客米提亚光着脚来到厨房沏了一杯茶。他是个高个子,满脸病容,头发稀稀拉拉。他总是低垂肩膀,神经质地疾走。他有一个怪癖,咬领口,而且时而自言自语,时而愤怒地踢他面前的桌子、楼梯扶手、书架以及母亲挂在厨房的围裙等等。勃列泽津斯基工程师对此人印象不佳,恶狠狠地说这个叫米提亚的人是一个隐藏的共产分子。好心的母亲却同意他使用家里的洗衣机洗他那少得可怜的衣服。

米提亚口中念念有词地走进厨房,一边洗手,一边向四处点头,好像周围都是人似的。他的眼光突然落在厨桌上的《纪事报》头条标题上的"死胡同"上。他咧开满嘴龋牙怒吼道:

"废话连篇!"

然后,苍白的大手里捧着滚烫的杯子急奔回房,随手扣上门。

母亲轻轻地说:"他就像只野狗。"

停了一会儿,母亲又说:"他一天洗五次手,每次洗后都喷香水,但还是有股怪味。我们得为他找个女朋友,也许从妇女劳动局找个穷苦但好看的新移民。汉斯,去刮脸吧。希勒尔,做作业去。嗐,在这个发了疯的屋子里,我该做什么呢?"

五

还是姑娘的时候,她从华沙来到斯格帕斯山上的大学①学习古代史。不到一年,她就厌烦了这个国家和它的语言。她的姐姐纽塔在纽约给她寄来从海法起航的奥罗拉号班轮的船票,要她到纽约去。在出发前几天,鲁宾博士介绍她认识了父亲。博士向父亲展示了她漂亮的水彩画,用德语伤心地说,这位年轻的姑娘也要离开我们了。她忍受不了这个国家,就要带着失望启程到美国去了。

汉斯·奇普尼斯欣赏了一会儿水彩画,脑子里突然浮现出曾经和他一起到遥远的约旦河源头旅行的德国鸟类学家。他的指尖沿着画的线条游走,突然缩手,淡淡地说了几句关于孤独和梦想的话,而且特别说了对耶路撒冷的这种感受。

母亲对着他微笑,像是他不小心打碎了珍贵的花瓶。

父亲连说冒昧,随即陷入尴尬的沉默。

---

① 即希伯来大学,创办于1925年,第一任校长为犹大·列比·马各内斯博士。

鲁宾博士有两张当天晚上音乐会的票。演奏者是最近成立的难民室内乐团。他说犹太复国运动领导人孟纳汉姆·尤斯希金比原计划提前了几天从国外来到这里。今晚按惯例准要召开紧急会议,因此不能出席音乐会了。他很乐意将票送给这对年轻人。

音乐会后,他俩一起沿着玛丽公主道散步。明亮的灯光把商店橱窗装饰得很漂亮,里边有一个电动玩具娃娃在频频点头。此刻的耶路撒冷看起来真像个城市,淑女和绅士手挽手在漫步,一些绅士还叼着短烟嘴抽香烟。

一辆公共汽车在他们身边停下来,穿着马甲的司机微笑着招呼他们上车。他们没有上去。一辆架着机关枪的军用吉普朝街那头开去。远处传来一声钟响,他俩不约而同地认定耶路撒冷遭诅咒了。临别,他们约好第二天去吉雀儿咖啡馆品尝草莓冰激凌。

咖啡馆里,邻近的桌子上坐着哲学家马丁·布伯[①]和作家S.Y.阿格农[②]。他们好像在争论什么。阿格农建议不妨听听年

[①] 马丁·布伯(1878—1965),犹太神学家,存在主义哲学家,生于奥地利。其代表作包括《我和你》(1923)、《人与人》(1946)和《黯然失色的上帝》(1952)。

[②] S.Y.阿格农(1888—1970),以色列小说家,出生于奥匈帝国。他的小说充分体现当代犹太人主题,代表作有《前天》,1966年获得诺贝尔文学奖。

轻一代的见解。父亲说了几句话。这些话一定颇有见地和准确，使这两位仁兄脸上现出了微笑。他们还向他的伴侣献了殷勤。此刻，父亲圆眼镜下的蓝眼睛也许闪着光芒，嘴边也许带着忧伤的表情。

十九天后，纳粹公开宣布建立武装力量。欧洲的空气骤然紧张起来。奥罗拉号班轮不能再到海法了。她改变了计划，决定改道去西印度。

父亲如约去见同乡尤里斯·魏德曼教授，他是父亲初抵巴勒斯坦后的监护人。他说想就个人问题征求教授的意见。他心烦意乱，略显神秘，但又固执地紧闭着口。魏德曼教授把他的猫从屋里赶出去，关上了门。他默不作声，焦急地听着。然后委婉地警告父亲不要把个人生活毫无必要地复杂化。这些颇有见地的话给父亲带来了信心。他恋爱了。

鲁丝和汉斯在耶路撒冷结婚了。同一天，希特勒在纽伦堡宣布致力和平与谅解，并且谴责战争。前来祝贺的嘉宾们都是同在兽医局工作的同事，其中有两位从伯利恒来的阿拉伯基督徒，鲁宾教授一家，还有一些难民和拓荒者以及特拉扎的邻居和一位从大学来的激进学生。这个脸色憔悴的学生那火辣辣的眼睛一直没有离开过漂亮的新娘子。他举杯代表他所有朋友祝福这对幸福的新人,并且信誓旦旦地说,正义一定会战胜邪恶,我们将用自己的眼睛证实这一时刻的到来。可是,一瓶啤酒使他醉话连篇,他用德语尊称新郎新娘为"文化人"和"艺术家",这使他前面慷慨激昂的话大打折扣。婚礼结束后,嘉宾们纷纷告辞。父亲租了一辆出租汽车,把母亲的简单行李从纳夫夏亚南朴素的住所运回布置了几年的特拉扎住家。

一年后,在面朝碎石林地的石砌小屋里,他们生了一个金发男孩。

当母亲和小宝宝从医院回到家的时候,父亲如醉如痴地挥手指着小巧玲珑的屋子自豪地宣布:"目前这里还只是边远的郊区,在我们的花园里还只长着小树苗,太阳整天对着窗户晒。但是再过几年,幼苗会长成大树,我们的家会绿树成荫,绿色的藤蔓将会爬满屋顶和篱笆,花儿到处盛开。当希勒尔长大成人,当我们老之将至,这里就是我们可爱的花园。我要盖一座藤蔓覆盖的凉亭,让你整天坐在那里画美丽的水彩画。我们还要买一架钢琴。政府将要在这里建立市政中心,铺设公路,把我们的郊区和耶路撒冷连接起来。我们要建立有一支希伯来军队的希伯来政府。鲁宾博士将出任部长,布勃教授将成为总统甚至成为国王。当那一天到来的时候,我可能会出任兽医署主任。移民们将沐浴着阳光从每一个国家来到这里。"

他突然对自己的演说感到忸怩,或许有些话说过头了。但他立即以无可辩驳的语气补充道:"够诗情画意、理性十足吧?一个绿萝四挂的可爱花园会刹那间出现。我现在去找块冰,你得躺下来休息,要不然今晚又要患偏头痛。天气太热了。"

母亲转身进屋。在阳台的台阶上停了下来,望着锈迹斑斑的花盆里可怜的天竺葵说:"花儿不会长的。这里将洪水泛滥,或爆发战争。花会死的。"

话不是对着父亲说的,因此父亲没有回应,因为他觉得母亲不像是对他说话。他认为有些话还是不说为好。

他穿着到膝的咔叽短裤,膝盖和凉鞋之间的腿是古铜色的,干瘦但平滑。在圆圆的眼镜后面,脸上带着一种永恒的感激之情,也许是略带满足的惊讶之情。他略感尴尬地说:"我不知道。最好不必事事通晓。世界上有许多事还是任其自然为好。"

六

这就是在老相册里的母亲:豆蔻年华的姑娘,满头金发的女学生，纤细的手指抓住白色的宽边布帽，有一种内在的成熟美；三只鸽子停在她身后的篱笆上，一个长着小胡子的波兰学生也满脸笑容地坐在上面。

高中阶段的她是全班公认成绩最好的学生。还在十二岁的时候，她已经引起了年长的波兰文学老师热切的关注。在母亲的回忆中，这位年长的人文学者被她那迷人的朗读深深感动——她熟练掌握了波兰诗歌的精髓。"鲁丝的嗓音，"爱卖弄才华的老师（他自认是个诗人）用嘶哑的声音热烈地说，"洋溢着诗的激情，是那样的回肠荡气，像草原小溪不息的潺潺流水。"他克制着感情补充道，"假如羚羊会唱歌，它们必定会像小鲁丝唱得那样好听。"

母亲在重复老师的话时，禁不住大笑起来，这种比喻太荒谬了。不是因为说羚羊会唱歌，而是她自己根本不会唱歌。那时候吸引她注意力的是小宠物、有名气的哲学家和艺术家。她酷爱跳舞，喜欢穿束腰长裙，喜欢披真丝围巾。她那些可怜的朋友们既没有束腰长裙，也没有真丝围巾。她同情所有不幸的人，如送奶工人、乞丐、吉特尔奶奶、使女和她的保姆，乃至于当地的一个白痴。苦难没有损伤他们的外在形象，他们含辛茹苦地活着，明了自己生而有罪，因而自愿赎罪。

她把自己在十二岁生日时用波兰语写的一篇小故事翻译

成希伯来语，工工整整地誊写出来让希勒尔朗读：

"湛蓝的大海允许阳光在水面作画，让云化成一团黑纱，把大雨洒向高山，洒向平原，洒向草地，但不去光顾丑陋的沙漠。所有的水最终汇成河流奔向大海，轻轻地回到大海的怀抱。"

忽然间，她无名火起，从孩子手里夺过那篇故事，把它撕碎。

"一切都烟消云散了！"她绝望地哀鸣。"死去了！过去了！失去了！"

窗外，风扫落叶。这是寒冷的耶路撒冷安息日[①]。在特拉扎的小屋里，煤油热水器闪着蓝色的火苗。桌上摆着茶、橘子和一瓶菊花。父亲的书排列在两扇墙上的书架上，笼罩在暮霭之下。风从干草地呼啸而至，在暮霭中敲打窗户，使窗棂嘎嘎作响。伴以苦涩的嘲弄，母亲讲起了她在华沙的童年生活。她曾经在维斯拉湖上荡舟，穿着白色球衣活跃在网球场上。每逢星期天，她都会站在共和大道上观看第七骑兵团游行。她偶尔扭过脸对着父亲叫一声吉雀儿（而不是奇普尼

[①] 源于《圣经》中上帝的教诲，犹太教规定公历星期六为安息日，时间从星期五太阳落山至次日同一时刻，是时不能工作，专心休息和学习经文。

斯医生、汉斯或者汉南）。父亲把手指摁在眉毛上，不慌不忙、不惊不诧地默默发笑。他在回忆起在吉雀儿咖啡馆对作家阿格农和哲学家布勃的谈话，回忆他们热烈地向他咨询草莓冰激凌的做法，甚至恭维他的伴侣。

十六岁那年，母亲在桥上第一次让英俊的塔度兹吻了她，先是前额，然后是嘴唇。母亲没让他再进一步。塔度茨比她小一岁半，是个风度翩翩的英俊小伙子，脸上没有粉刺，也是个绝好的网球手和短跑运动员。他曾经信誓旦旦地说要永远爱她。然而，那时对她来说"永远"只是爱海中激起的涟漪，爱情只像是星期天早上在洁净湛蓝的天空下的一场网球赛。

塔度兹的父亲死于波兰独立战争中。塔度兹笑的时候有一个迷人的酒窝，整个夏天都穿着运动衫。母亲猛地吻了一下希勒尔的酒窝说："就像这个酒窝一样。"

每年国庆日，鲁丝和塔度兹都会站在学校运动场装饰一新的检阅台上。头顶，苍老的栗树枝繁叶茂，像是一顶瑟瑟摇动的华盖。塔度兹的任务是点燃自由的火炬。这是他父亲为之献出生命的自由火炬。在飘拂的共和国旗帜下，学生和老师密密地排列，肃穆，一动也不动。鲁丝高声朗诵着民族诗人不朽的诗篇："啊，不要触动，不要触动那照片。"华沙每一个教堂的钟楼上，欢快的钟声一齐鸣响。傍晚，在歌剧院导演的家庭舞会上，她的父母亲特许她和歌德津斯基将军跳了一曲华尔兹。

犹太复国运动爆发了。英俊的塔度兹参加了民族青年军团。由于她拒绝和他一起去郊区的婶婶家过周末，他就给她写了一张羞辱的纸条："肮脏的犹太娘们。"那位喜欢说"唱歌的羚羊"的老教师突然得肝病去世了，她的双亲也在同一个月去世。留给她唯一的纪念是那些带花边的厚卡纸上的老照片。

姐姐妞塔很快和一个妇科医生结了婚。他叫阿德莱恩·斯多博，是个鳏夫。结婚之后，他们一起去了纽约。此时，母亲已经来到巴勒斯坦，在斯格帕斯山研究古代史。她在郊区内夫夏安南找了一个小房间，过着与世隔绝的生活。妞塔·斯多博每个月给她寄津贴。经常有几个崇拜她的俊小伙子来这里找她，其中包括在献殿节①认识的愤怒诗人亚历山大·潘恩。

一年后，她厌倦了这个国家和难懂的语言，决定到纽约

---

① 犹太教节日，又称光明节，在每年公历12月左右，以纪念公元前165年战胜叙利亚人后在耶路撒冷圣殿的重新奉献。节日为期八天，要点燃七支蜡烛，每天一支，每支蜡烛分别代表光明、正义、和平、慈善、兄弟之爱、团结和真理。

去和姐姐、姐夫一起住。就在这个时候，鲁宾博士向她引见了父亲。父亲羞怯地说了他要用自己的双手在加利利丛山中创办一个养牛场的梦想。他身上清新的加利利气息吸引了她。当时，她已近精神崩溃，奥罗拉号班轮已经改变航向驶向西印度，永远也不会再到海法了。

透过夏日强烈的阳光，特拉扎小屋的窗户里可以一览东北部的斯格帕斯山。山顶上有一座大理石清真寺、一片林子和两座高楼。从远处看，这两座鹤立鸡群的高楼似乎披着一幅凄凉的面纱。安息日的最后一缕阳光缓慢、迟疑、哀伤地消逝了，像是永远——永远也不再回头。

在被父亲称为书斋的房间里，父亲和母亲常常相对而坐。著名的地理学家汉斯·沃尔特·兰铎尔从大相片里用怀疑的眼光注视着他们。他们的胖小子希勒尔在地席上构筑复杂的砖头城堡，时而堆砌，时而挥手推倒，执着地要造一座最好的。他不时问父亲充满智慧的问题，父亲总是郑重其事地回答。他还不时把脸埋在母亲的裙子里，求母亲抱他。母亲眼含热泪的样子使他害臊，因而悄悄地回到他的建筑工地。

偶尔，母亲问父亲："汉斯，你知道要发生什么事吗？"

父亲回答道："我坚信凡事都会朝好的方向变化。"

父亲说这些话的时候，希勒尔想起去年五旬节①，他和朋友们到特拉扎的树林里去玩猎狮和寻访尼罗河源头的游戏。他记得有一枚褪色的金纽扣在他眼前闪耀，旁边还有一块蓝布。于是，他跪下来用双手扒开地上的松针去挖掘宝贝。他找到一件腐烂了的军用夹克，失去光泽的金纽扣上有一股可怕的味儿。他继续挖掘，又发现镶在破碎的皮带扣里的象牙圈，土里还埋着大大小小的白象牙根。他突然看到一个插着象牙的空脑壳狰狞地冲他发笑，骷髅的牙齿和眼窟窿也一起冲他发笑。从此，他发誓再也不去探索尼罗河源头了。决不，决不。

每周的白天，父亲穿着咔叽裤子、凉鞋以及烫得整齐贴身的蓝衬衫到农村旅行。衬衫上有好些大口袋，里面塞满了笔记本和记事本。冬天，他穿上棕色灯芯绒长裤和夹克，戴上帽子，在皮鞋外边套上一对好像两艘战舰的胶鞋。

安息日前夜，刚洗完澡的父亲会穿上白衬衣和灰裤子，把湿漉漉的头发梳成整齐的分头，浑身一股刮胡膏和杏仁香皂的味道。母亲走过来在他鼻子上亲一口，管他叫做"我的

---

① 犹太人的节日（收获的日子），在逾越节后五十天，在公历七月左右。

大孩子"。希勒尔看着父亲发笑。

每天早上,希勒尔都要围上一条画着笑口兔的围脖。他喝麦片粥,吃一只水煮蛋和一杯酸奶。在麦片罐上有奎克船长的画像,脸上带着刚毅的笑容,头顶拿破仑三角帽,一只手握着望远镜。

那时,欧洲正在进行着一场战争,报纸刊登了带箭头的地图。耶路撒冷的街头上却只有由澳大利亚、新西兰和巧克力肤色的塞内加尔士兵以及沉湎于啤酒和乡愁的苏格兰士兵组成的友军士兵军乐队。晚间,偶尔有一列长长的护卫队迎着昏暗的街灯从北至南横穿耶路撒冷鱼贯而过,整齐划一的吼声响彻夜空。整个城市静极了,山冈一片沉寂,高楼和清真寺宛如沉思的巨人。居民们焦虑但并不迫切地关注着远方的战争。他们相互交换各自的猜测和个人看法,企盼形势很快好转,能给耶路撒冷带来希望。

七

特拉扎终究没有建成市政中心,公路也没有铺成。在远处的斜坡上出现了一个采石场。科亨先生开了一家小工场,专门生产时尚家具,特供杰里科和伯利恒的上流社会以及耶路撒冷总督，乃至大约旦阿卜杜拉埃米尔的王宫。为了每天晚上能够收到遥远的广播电台传来的无线电电波，勃列泽津斯基工程师在自己家的屋顶竖起了巨大的无线电天线。他亲手制造的一架望远镜架设在屋顶上。他是为了实践自己的愿望——成为第一个看到神的军队到达的人。

晚上，山谷在四周各种叫声中复苏了。野狗在附近号叫。茫茫的石海和群山向这座屋子伸出了触角。一想到野狗会悄悄然集结在幼树丛中，跑过来趴在窗棂上甚至爬上阳台，希勒尔不禁毛骨悚然。殖民地式街灯上方顶着一方绿盖，一盏孤灯罩在小玻璃方框里，发出一缕淡淡的黄光，映在土石裸露的道上。路灯实在是一种浪费，因为花园深处的无花果树杈光秃秃的，黑暗的屋外边空无一人，居民们早已习惯在夜色降临之际关进小屋自成一统。夜里，亚波洛娃夫人和她的侄女留波夫·宾亚米娜在忧郁地弹钢琴和拉提琴。父亲的同乡，那位老教授尤里斯·魏德曼收集一切与超自然现象有关的外国报纸剪报。他认为自然规律在恶作剧，希望从中找出漏洞来，或者找到一道公式，使他和遭受惩罚的犹太人民逃脱引力的拉扯，飘上灾难尚未扩散的空间。

夜深人静之际，勃列泽津斯基工程师转动着收音机的旋钮，捕捉信号，找寻信息，然后纵情于各家广播电台之间，柏林的、伦敦的、米兰的、维希的、开罗的以及希兰尼加的。有些邻居说他常常从他工作的死海北岸带回一瓶瓶小昆虫。夜里，他沉醉在这种可怕的东方药酒之中。

他告诉邻居们自己年轻的时候是俄国一个庞大工程的项目主任，曾经在塔甘罗克建立过一个水力发电厂，"就像在写英雄史诗"。不久，他成了斯大林的清洗对象，被抓捕入狱，受尽折磨，好不容易逃了出来，最后经由阿富汗、德黑兰和巴格达来到耶路撒冷。在死海的工厂里他却英雄无用武之处，只负责维修水泵，巡视发电机，修复可怜的保险丝箱和监测地方电网。

一天夜里，他偶然收听到巴尔干半岛的一家纳粹广播电台播放的贝多芬《英雄交响曲》，突然扯开喉咙大叫"着火了！着火了！"

父亲立即起床穿上衣服，勇敢地穿过肮脏的土路，敲着门礼貌地说："勃列泽津斯基先生，请开门。勃列泽津斯基先生，请开门。"

门没有开，也没有发生火烛，只有树林深处燃尽的篝火气味随风飘来和远处穆斯林呼叫祈祷的尖叫声，或许还有饿狼在林子里的号叫。在这样的夜晚，希勒尔常常因为惊恐和气喘惊醒。他透过窗帘看到土耳其禁卫军士兵的骷髅在夜空中飘游，用死牙咬他。他拉起被子裹住脑袋哭起来。每当这种时候，父亲会赤脚来到他的卧室，拉直床单，给他唱催眠曲：

夜色已经笼罩天空

到了宝宝睡觉的时候；

小羊羔儿停止了跳跃，

所有动物都已合眼；

鸟儿归了巢，

耶路撒冷的人啊在睡觉。

临近清晨，墙那边的房客米提亚突然在睡梦中大叫一声："太残忍了！不要动他！他还活着！Y-a ny-e znu！Y-a ny-e po-ni-ma-yu！什么也没有啊！"然后，一切恢复平静。

田野里，除了野狗，除了早上才会散去的雾气，空荡荡的什么也没有。

八

米提亚对父亲说："奇普尼斯医生，您穿上那件晚礼服像一支烤肉叉,有点海姆·阿罗索洛夫烈士的形象。这个邪恶的世界是没有和平可言的。因此,我请求您在外交方面帮我一点小忙。帮我向那位外国高级专员转达一个信息,就一两句紧要的话,行吗?我想,高级专员已经秘密地等了一段时间了。他可能不太明白我的信息为什么至今还没有到他手上。"

"假如我真有与高级专员私下会谈的机会,当然没有问题。可是,连我自己都十分怀疑会不会有这种机会。"

米提亚猛地咧开口,龇着龋牙咬紧衣领。他眼睛喷火,干瘦的脸上布满了痛苦和厌恶的表情。

"将这个信息逐字逐句转达给他,救世主一定会降临,不会推延。他将挥舞着烈火之剑降临。他将从东方来,荡平群山。他不会饶了那些朝圣墙撒尿的家伙。奇普尼斯医生,您能一字不差地重复这个信息吗?"

父亲说:"我恐怕不能担负传递信息的责任,也一定不会用英语转达。"

听到这话,米提亚狂怒地敲击餐桌,用嘶哑的嗓音回答父亲:"谋杀先知的耶路撒冷,将在地狱之火中锻炼出新的希腊文明。"

紧接着,他又彬彬有礼地补充道:"您好,奇普尼斯太太。请问①，您为什么把我想得那么冷酷？我只是和您的丈夫开一个小小的玩笑。愿上天责备我，假如我有冒犯您的地方，我是不会原谅自己的。决不会②。我必须立即向您道歉。奇普尼斯太太，请允许我冒昧地说，您穿上蓝色长裙显得多么尊贵。在大毁灭的前夜，我们的耶路撒冷在春光中显得多么庄严啊！盥洗间里炽热的喷头在一滴一滴地滴水，不会停止。我们不能再等待，做些事吧。我们还有时间吗？我的道歉完了，我该走了。晚安。但愿邪恶腐烂，但愿无罪的人们看到这一天，为这一天高兴。再次向您道晚安。幸福属于恭候先知降临的人们。"

他急匆匆地冲向房间，差点把孩子撞倒了。他喘着气，紧握着拳头，手臂无力地垂着。但是，他没有用力顶门，只是轻轻地把它关上，似乎怕把门（或者是门柱）碰坏了，或许是想把瞬间的安静保留下来。

母亲说："高级专员永远也不可能理解像米提亚这样的孩子所受的煎熬，即使英王也于事无补。不要怪我无理，弥赛亚③本人也不可能理解这孩子。"

---

①② 原文为俄文。
③ 犹太教中受上帝派遣来复兴犹太国的君主，源自希伯来语，意为"受膏者"。

她闭上眼，换了个语调接着说："但我能理解。我能不费力地把他从内心积聚的疯狂和死亡意念解脱出来。对，只有我能。汉斯，那是孤独、自暴自弃、绝望、压郁和自虐。我可以在深夜穿着睡袍，喷上浓浓的香水去亲近他，触摸他。我至少可以给他找个女人，在夜里陪着他，照顾他。我可以平息他的欲火，使他安静。他身上有股异味又算得了什么。从森林到大海，世上哪个男女身上没有异味？你也有，汉斯。我要听他在我双手的抚摸中呻吟，用不连贯的俄语喊叫、唱歌，像倒地的公牛那样哞叫，然后安静下来。我要用我的指尖合上他的眼睛，哄他入睡。星星和高山也会因此而爱我。喂，别这么看着我。我就想让你知道我第一次感到作呕，对，是作呕，对你的魏德曼、布伯和歇托克。但愿你那些恐怖主义者把他们揍上天。别那样看我。"

父亲说："鲁丝，我能理解。可是，孩子会听到你的话。他已经懂事了。"

她猛地把孩子扯过来，按住他的头，在他脸上粗暴地吻着，然后平静地说："是啊，你太对了。你原谅我啦，汉斯。我们叫的红色出租车马上就到了，我们该去舞会了。站好了，汉斯，我给你系好你那愚蠢的领结。我真的不想埋怨布勃和那些人。记住，到时该怎么笑。你笑什么？"

父亲无语。

九

就在希特勒占领华沙那一个周末，米提亚离开了杰兹里尔山谷的基布兹①，原因是与别人观点相左。与此同时，他意想不到地继承了他唯一的一位亲戚留下的一笔珠宝。他不记得在这个世界上还有一个姑姑，而这位姑姑在约翰内斯堡去世了。

他犹豫再三，将珠宝卖给了老城一个惟利是图的阿美尼亚打金匠，并决定到耶路撒冷住下来读书。他想通过研究证实土著巴勒斯坦人是无可否认的古代希伯来人后裔，并证明我们有责任把所有的阿拉伯人——不管是游牧民还是农民解救出来。他们的服饰、头骨形状、村庄名字、饮食习惯以及他们的祭祀形式等等都是证明，证据实在太丰富了。他认为犹太人代表处企图掩盖事实。但他们的伎俩骗不了他。

他是一个拓荒者，一个骨瘦如柴的小伙子，两肩下垂，

---

① 现代以色列的一种集体农业定居生活形式，自给自足的社会经济单位，财产和生产资料由其成员共有，其成员大会行使管理权和决定权。至二十世纪九十年代末，约有2.3%的以色列人口生活在270个基布兹。

外表粗鲁。他又是一个矢志不移的素食主义者。他把食肉行为称为"一切不洁净的根源"。他头发稀疏，淡黄发白。他戴着镀金戒指在厨房里冲茶的时候，眼睛里有一种孤独、狂热的神情。他那鸟似的干瘦的身影不禁使人联想起肺痨病人。他常常用龋牙咬衣领。

他刚搬来的时候，一次性地预付给父亲两年的房租。父亲同意他看家里订的报纸和偶尔使用他的打字机。有一次，他用两个手指在打字机上敲出一篇读者来信，题目叫《使徒致锡安山上悠闲的人们》。文章充满怨恨之词，预言这个世界将走向毁灭。但是，所有的报纸都拒绝发表这篇文章，或干脆将之束之高阁。有一次他向父亲暗示，由于巴比伦禽兽摧毁了代号为"亚尔"的英雄亚伯拉罕战船，他本人成了自由以色列战斗队的秘密指挥官。父亲根本不相信这些，就像不相信说他是一个隐藏的危险的共产主义分子的那位勃列津斯基工程师一样。

米提亚干净、整洁，一尘不染。

他每次用完厕所，都会拿出一听贴着英文标签"婴儿乐"牌的香味滑石粉将坐垫抹一遍。读完报后，他会把报纸整齐地叠好，小心翼翼地放回书架。每次他从洗澡间或厕所（他称之为"王宫")出来,只要外边有人经过,他都会脸色发白,尴尬地小声道歉。他每天将房间打扫和收拾两次。

即便如此,他身上还是有股刺鼻的过期食用油般的怪味,随他的走动飘向走廊,也从他的卧室门下渗出来,甚至粘在他那褪色的金戒指镜面上。

无人能进入他的卧室。

他在门上安了一把双保险"耶鲁"锁。哪怕去洗手,他都要把门锁上。深夜里,他常常在睡梦中用俄语喊叫。

每年夏令时节,米提亚就会徒步上斯格帕斯山。他迈开非常人一般的脚步,避开常道,穿山越谷,如箭一般直插山顶。他风也似地横穿圣赫得里亚郊区,绕过警察训练学校,顶着他尖尖的脑袋,目中无人地向前疾走,虽然气喘吁吁,但毫无倦意。他在谢克·加拉歇脚,扎在长胡子的缠头巾的阿拉伯人堆里喝一杯早咖啡。他每每向他们搭讪,但总是词不达意,因为他只会说古典阿拉伯语,还带俄国口音。这些咖啡客们给他起了个绰号叫"阿尔哈杜德"——"锥子",许是他头上长着稀稀拉拉的直发。

他在斯格帕斯山国家图书馆的地下层角落里一坐就是一整天,无休无止地在小卡片上抄录狂热的词句。傍晚,他回到家里,常常龇牙咧嘴地朗读莫名其妙的格言:

"我谨向汝等承诺,今夜将巨响连连,群山滴出琼浆,众丘化为熔岩。"

时值多事之秋,他的格言多少也被证实。每逢此时,米提亚就会像获奖的无名艺术家那样谦逊地微笑。

去年世界大战的时候,希勒尔从钥匙孔里看到米提亚房间里的墙上挂着一幅从天花板垂到地板的大地图。他的桌上、床上和草席上铺满了小地图。这些地图上插满了密密的红黑箭头、小旗、图钉和火柴梗。

"爹爹,米提亚叔叔是间谍吗?"

"那种傻事不值得你注意。"

"那么,他为什么那样?他的房间里为什么会有地图和箭头?"

"你才是间谍。你在刺探米提亚叔叔。那不好。答应我不再这样做,好吗?"

"我答应,可……"

"答应了就没有可是。背后说人是不对的。"

一九四四年的某一天,米提亚告诉父亲英军战舰将要炮轰博斯普鲁斯海峡,"像愤怒的火柱"一样穿过达达尼尔海峡,从而控制整个黑海,用炮火荡平大半个克里米亚,将"难以数计的军队"送到斯拉夫沿岸登陆,把两个暴君的头一起敲掉,"把埃及巨龙和凶鳄碾成尘土"。父亲对此报以沉默,只稍带同情地笑了笑,提醒他俄国人现是站在盟军一边。

"你们是蛮荒的一代,是奴隶的种子。"米提亚情绪激动地回击说,"你们全都染上了盲目症,都是张伯伦、阿罗索洛夫、甘地、罗马懦夫、政治阉人。对不起,奇普尼斯医生,我不是指您本人,天不容我对您无理。我是指那些人。您只是个普通人。我从夫人眼睛里看出她打心里完全同意我的观点,只是由于她机敏地选择了沉默,因此她是完全明智的。所有政治阉人遗老遗少都不能幸存。当他们声嘶力竭地高喊'人民万岁''永远永远'和'耶路撒冷,永恒的城市'之时,耶路撒冷的每一块石头都会讥讽他们。对不起,我要向您道声晚安了。真抱歉,晚安。"

有一次,趁着父亲到乡村出差和母亲去美容店美容的机会,米提亚把希勒尔截在走廊的暗角,向他倾吐他那狂乱思想:

"我们,已经回到锡安的人们,而你们,尤其是你们这一代未遭流散阴影毒化的灵魂,有责任通过武力征服农夫的女人去生孩子,给他们生下像你这样的儿童,无数的金发儿童,坚强、公平和无畏的儿童,新生代的、纯种的、健壮的草原狼,而不是多愁善感的书生。老一代的政治阉人将会死绝。愿上帝保佑你们,你们将继承这块土地。一场火焰将由犹大①点燃，吞噬不讲信义的阿尔比恩。有更容易的办法吗？有！我们知道阿拉伯农妇有夜晚独自去拾柴的习惯。她们穿着过膝的黑裙，里面却空空的。她们必须被征服，被主宰的力量以神圣的热情骑奸。她们如同山羊一般漆黑多毛，我们则有火柱。我们必须注入新鲜的血液、浓黑温暖的血液。你的父母可能把你叫做希勒尔，但我要把你称作伊瑟玛。听着，年轻的伊瑟玛，你是我的新战士。我命令你学会骑马，学会使用匕首，把自己练得坚韧无比。来，拿块饼干。你不能拒绝，因为我是你的指挥官。记住，这是我们两人之间的不可外传的秘密：地下运动不怜悯叛徒和告密者。是谁穿着以东②染色长袍从预言家那里来？是你和你们这一代人。宁录、基甸、杰夫他③，所有为战争而生的人们。你将用你自己的眼睛观察和看到，啊，新战士伊瑟玛，整个不列颠帝国即将如布娃娃一样倒下，成为泥土。犹太传统的继承者将自东方健步而来。他将登上高山，用铁臂扫荡平原，直到那些农夫生养的淫荡的黑毛母羊恐怖地欢乐地向我们尖叫！你，拿上这枚

---

① 《旧约》中雅各的第四个儿子，亦指古以色列十二支派中最强的一支。此处应为犹大后裔。

② 远古死海之南。

③ 宁录、基甸、杰夫他分别是《圣经》故事里的英雄猎手、以色列法官和英雄。

先令，跑去给自己买一大堆口香糖。这钱是你的。对，我给你的。永远不要违抗命令。滚！"

突然，他那冒火的眼睛落在走廊镜子边上。那里挂着母亲的围裙。他咬牙切齿，声嘶力竭地骂道："涂脂抹粉的耶洗别①，娼妓的母亲！"

说完后，他踮起脚步，回房去了。

希勒尔立即跑进花园，爬上他在无花果树杈中的隐藏所，手中还紧紧地握着满是汗水的先令。他为那些丑陋但又在耳边嗡嗡作响的比喻惊恐不安，什么耶洗别、农夫的女人、淫荡的母羊，还有长裙内空空荡荡、纯种的以及令人汗颜的词"骑奸"等等。他腾出一只手在裤裆里摸索，眼睛流出了泪水。他知道，只要他动一下勃起的小鸡巴，就会引发可怕的气喘。铁臂、伊瑟玛、布娃娃、自东方健步而来……一切的一切都在折磨着可怜的希勒尔。

假如回到《圣经》所描写的过去，我会成为以色列的法官，或者是王。米提亚会成为戴假发的先知。但愿狗熊把他吃掉，像吃掉邪恶的土耳其士兵那样。只有这样，爹爹才能到伯利恒的田野里放牧，妈咪也一定不会变成耶洗别。

---

① 《圣经·旧约》所描写的淫荡女人。

奇普尼斯医生来到花圃，冲澡后的头发仍然滴着水。他穿着几乎齐膝的咔叽短裤，脚踏凉鞋，古铜色的双腿显得干瘦平滑。他上身只穿着背心，眼镜下面的双眼有如雪山下湛蓝的湖水。

父亲小心地把塑胶软管接在水龙头上。一切准确无误，连水流都是精确计算的。在响午的阳光下，他孤零零地站在那里，静静地浇园，嘴里哼着《行走在幼发拉底和底格里斯之间》那首曲子。

水流在地上分叉，划出交错的土窒。父亲时不时弯下腰堵住水流，把它引向该去的地方。

希勒尔不由自主地对父亲产生一种狂热的爱恋。他从无花果树杈的隐蔽所爬下来，迎着夏日的鸟鸣，迎着远方海风带来的芳香，迎着午后流畅的阳光，冲向花径，张开双手伸向父亲，用尽吃奶的劲抱紧父亲。

汉斯·奇普尼斯把塑料软管从右手换到左手，轻柔地抚摸着孩子的头发唤道："希勒尔。"

孩子没有回答。

"来吧，希勒尔，拿着它。如果你想浇水，就拿着胶管。我去修剪篱笆。你行的。只要不冲着花浇水就行。"

"爹爹,'不讲信义的阿尔比恩'是什么意思?"

"是那些盲信者侮辱英国的时候说的话。"

"'盲信者'又是什么意思呢?"

"是指那些自信最能分辨忠奸和应该如何做事的人。他们竭尽全力要人们依着他们的意志去想事做事。"

"那么,米提亚叔叔是盲信者吗?"

"米提亚叔叔是一个敏感的人。他读了许多书,花很多时间研究《圣经》。由于他太担心我们的困境,或者又因为他个人经历过的苦难,他有些时候会用一些我不会使用的字眼说话。"

"那妈咪呢?"

"她正在休息。"

"不,我是说她也是盲信者吗?"

"妈妈生长在富有和奢华的环境里。她有时不太适应这里的环境。你在这里土生土长,可能有时会对她的举动感到吃惊。可你是个聪明的孩子,我相信在妈妈伤心或者渴望到一个完全不同环境的地方去的时候,你不会生气。对吗?"

"对极了。我不再问问题了。让我来替您浇花。只是在浇葡萄的时候别淋湿了新凉鞋。我去拿剪刀。拜拜。太热了,您应该戴一顶草帽。"

十

落日时分,群山大雾笼罩,大风从树林和山谷里漫卷而来,斯奈拉兵营钟楼上响起了单调的钟声。一切都准备停当,只等出租车到来和说声再见。汉斯·奇普尼斯穿着借来的晚礼服,脚下的黑皮鞋擦得异常光亮,满头金发梳分得齐整伏贴。这位戴着圆眼镜的绅士,一副福音传教士的派头,像是准备出发去参加自己那激动心房的婚礼。

"我的吉雀尔医生!"母亲大笑着低下头给他拉直了上衣口袋里的手帕。

她比他稍微高一点点,身上发出的香味有如秋天的气息。她穿着蓝色的晚装,项链闪亮。灯光映照在她的耳坠上。鲁丝扭动腰身,轻移莲步,亭亭玉立的身段优雅动人。她像只金丝猫等候在阳台上,转过裸露的脊背对着屋子,双眼注视着渐渐逝去的夕阳,一条金色的发辫垂在左肩,圆臀紧贴冰凉的石扶栏,随着梦幻的旋律缓缓摆动。

她恍惚听到华沙国庆节的钟声响彻云霄,看到广场上矗立着大理石勒马骑士。在学校的运动场上,她用温暖动人的嗓音朗诵波兰民族诗人感人肺腑的诗篇:

被杀戮的骑士永远不死,

虽然马蹄不在地面激荡,

他们的灵魂乘风飞飚。

在夜里,在风中,在雪中,

你听,

嚼着飞沫的铁骑和勇敢的骑士一起飞翔。

飞过森林,飞过草原,飞过平川,

他们在永远飞翔。

不朽的战士啊,

永远奔驰在战场。

在夜里,在风中,在雪中,

你看,

他们在波兰天空上高高飞翔。

骑士永远不死,

像热泪,化作晶莹,化作力量……

鲁丝的声音像小提琴忧郁的旋律,像战鼓雷鸣,像风琴的愤怒和叹息。人们都爱她。主席台上,英俊的塔度兹向后半步,笔直地站在她身后,高高举着自由的火炬。那些曾经作为骑兵军官参加过波兰解放战争伟大战役的老教师们常常在夜晚幸福的梦境中回顾那激动人心的战场。鲁丝的朗诵使他们热泪盈眶。他们激动地闭上眼睛,以他们全部的希冀,紧紧地围着她。她感受到了他们的爱和留在她心中的希冀。她已经做好准备,要把心中的爱献给所有的好人。

她在学校里从来没有遇见过坏人。父母在几个月内接连去世,姐姐妞塔又突然嫁给那个丧妻的妇科医生并且和他结伴去了纽约,她这才顿时觉得孑然无助。她认为如果在童话故事之外确有坏人,他们必定潜伏在黑暗之中。她身穿闪亮的白色网球衣,手中握着价值不菲的网球拍,他们永远也不能靠近她。因此,假如坏人真的存在,她可能还会略表同情,他们也真可怜。做一个坏人真是可怕极了。

七点了,群山渐渐灰暗,耶路撒冷亮起了灯光。各家屋里的铁窗扇已经闭上,窗帘也拉起来了。居民们再次陷入担心和希冀之中。从远处看,耶路撒冷的山丘有如大海的波涛,在夜色中绵延起伏。

希勒尔留在了钢琴家亚波洛娃夫人和她的侄女宾亚米娜家里。她们会给他看照片,管他吃饭,随他玩一会儿她们收集的各民族的玩偶,然后照顾他睡觉。出租车到了,闪着黄色的车头灯，鸣响的喇叭像是动物的吼叫。

整条街的人都出来目送奇普尼斯医生和她的太太到恶意山上的高级专员府邸参加五月舞会。

房客米提亚咧着嘴，鬼影似的站在台阶上。他手里握着喝了一半的茶杯，身影微微抖动。他咬着衣领，嘴里嘟哝着，像是诅咒即将来临的灾难。老教授尤里斯·魏德曼站在家门口，手指按着德文版的《新约全书》，稍微抬起帽子向他们哀伤地致意，好像他们是远涉重洋，奔赴另一个大陆："别忘记我们。"

在殖民地式的街灯下，药剂师维希尼亚克太太坐在藤椅里，着色的睫毛上挂着两行眼泪，挥手向他们道别，祝他们幸运。不久之前，《耶路撒冷之音》的广播员说，时代在改变，一切都不再相同了。

就在这个最后时刻，勃列泽津斯基工程师出现在路的另一边，略带醉意地抱着一只硕大的灯泡。他是个大个子，满头浓密的褐头发，满脸雀斑。他像伐木工劳作后那样气喘吁吁，身上战栗不已。他扯开喉咙向他们喊道："告诉他们，医生，当着他们的面对他们说！告诉他们让我们自己做主！告诉他们滚蛋！告诉他们白皮书是一张废纸！告诉他们这个国家正在一天天烂下去！告诉他们再也不能这样下去了！告诉他们生活本身就是一个烂泥潭！虚伪！凄惨！狭隘！你让他们知道！再告诉他们，我们，他自己知道①，永远都在受苦，永远不会放弃希望，直到最后一口气！告诉他们！"

他猛然收住口，愤怒地举起他那硕大的灯泡指向夜空，似乎要使群星昏眩。

出租车发动了，吼叫着，一溜烟开走了。

街道恢复了旧日的平静。每个人都重返蜗居，只留下方格街灯继续亮着毫无用场的惨淡亮光。风在吹拂，无花果树依旧枝头空空，摇曳着树叶睡了。远处，狗吠不已。夜幕降临了。

十一

留波夫·宾亚米娜是个矮胖的姑娘，皮肤黝黑，但下巴尖尖，走起路来步履艰难，与一只松鸡无异，只是嘴唇一片猩红。她那臃肿沉重的胸部撑得前襟鼓胀欲裂。她又是一位不修边幅的邋遢女人，衣纽松松垮垮，说话带着咳嗽，维也纳式的连衣裙上油迹斑斑。她足下穿着一双变了形的棕色大

---

① 原文为俄文。

皮鞋，即便在屋子里也没有脱下来的意思。她粗圆的玉臂尽是赘疣，手腕上戴着一只男用手表。面对伊人，希勒尔不禁联想到米提亚口中的夜间独自出去拾柴的农家女人，活脱一只重量级的黑毛母羊。他忍住笑，尽量分心去想一些别的事。可是，宾亚米娜偏偏走过来亲他的耳垂，叫他"小诗人"，希勒尔羞得满脸通红，一直红到发根。他把脸埋在毯子里不敢抬头。

与之形成鲜明对比的是亚波洛娃夫人，一件褪尽颜色的衣服穿在身上也尽显昔日的尊贵。她说话抑扬顿挫，美中不足的是抽烟毫无节制，希蒙·阿兹得牌的香烟熏得她的声音都变粗了。她在房间里疾步行走，怒气冲冲地抹嘴巴，神经质地不断倒腾手中的物事，然后以不协调的敏捷转动身体，宛如一个过气女主角。她的嘴角淡淡的有一抹茸毛，眉毛浓密，双下巴怪有趣的，不由使人联想到撒母耳先知街动物园的鹈鹕。

和以往的晚上一样，亚波洛娃夫人已经换上了紫色的天鹅绒演出晚装。她身上的樟脑味、熏鱼味和科隆香水味充满整个房间。

在几句寒暄之后，她立即松开手，用嘶哑的声音喝她的侄女安静下来，然后宣布："肃静。我俩都安静下来。这孩子来灵感了。"

她俩靠给私人授课为生,一个教钢琴,一个教大提琴,有时也乘公共汽车到远郊的定居点为拓荒者开安息日前夜演奏会。她们的演奏精确而洒脱,毫无学院派的拘泥。

房间里每一个角落,钢琴上、餐桌上、咖啡台上,到处都摆满了纪念品:小巧的饰品、精雕细刻的蜡烛台和岩石灯、手工制作的酒器和枣椰叶编织的篮子,还有各种铜质胸像(其中有一尊凝视的贝多芬胸像)、东方茶壶、巴黎石膏小雕像和陶瓷大本钟、穿着五颜六色民族服饰的布娃娃、铜质的埃菲尔铁塔、注水玻璃球(摇动或者反转的时候,人造雪花会慢慢地飘落在农家木屋或乡村教堂上)。

书架上的绒毛小动物栩栩如生,有北极熊、花豹、梅花鹿、半人半马兽、斑马、猴子、大象等等。它们全在绿色呢绒或染色棉绒制作的森林中无望地游荡。每隔一刻钟,一只无头的杜鹃就会从墙上的挂钟里探出来,发出嘶哑的鸣叫。

希勒尔穿着短裤和棉纱背心坐在一张深深的单人沙发里,双脚悬空,周围是高大的阴生喜林芋。

他想起自大狂,父亲形容这些人总以为自己最能辨别好坏,最知道该做什么。他在不安地想,爹爹和妈咪是不是也属于神秘的自大狂，因为他们总是以为自己知道得最多。

亚波洛娃夫人发话了："如果你答应我不再抠鼻子，晚饭后就给你一块杏仁软糖。留波夫，美人，① 把你那肮脏的书放下一会儿好吗？去厨房拿些面包、奶油和果酱招待我们的客人。谢谢②。"

留波夫说："那不是脏书，姑姑。一点也没有那种内容！可能不太适合儿童。里边有灾难和性爱的描写，但与肮脏毫不相干。不过，希勒尔已经快长成人了。你看他。"

亚波洛娃夫人轻蔑地笑着说："天呐③，留波夫！真的不肮脏？淫秽！污秽！你脑子里全是这些东西。留波夫，身体是世界上最纯洁的物体。作家应当有所保留地描写爱情和与爱情有关的情节，不要充满污秽。我看得出，希勒尔是长大了，他懂得什么是爱情，也能简单地分辨什么是令人厌恶的东西。"

希勒尔说："我不喜欢果酱。给我一些杏仁软糖好吗？"

房间阴湿昏暗。在六个各式各样大小不一的花瓶里，还插着上周末的菖蒲，已经枯萎了。所有的窗户都关得紧紧的，

---

①②③　原文为俄文。

免得屋外的风吹进来和夜间的声音传进来。爹爹和妈咪在很远的地方。窗帘也拉上了。亚波洛娃夫人在一支接一支地抽烟，使空气变得发灰。她伸手捏捏孩子满是肌肉的手臂，看着他闷闷不乐地吃奶油卷，然后戏剧性地宣称："好样的！士兵！"①

亚波洛娃夫人把一张唱片放在留声机上。在富于感染力的舞曲背景旋律中，两组流畅的笛子曲悠扬而起。她甩掉足下的鞋子，光着脚，伴着乐曲在房间里沉沉地转动脚步。

希勒尔把带缺口的搪瓷碗里的水煮鸡蛋吃完，并就着一块杏仁软糖完成了晚餐。他玩了一会儿注水玻璃球。他累了，疲倦了，一副凄惨的样子。忽然，眼前的一切都模糊了。

留波夫·宾亚米娜·伊万·汉恩穿着一身粉色睡袍回到房间，沉重晃动的乳房紧绷绷地悬在衣襟里。亚波洛娃夫人开亮了钢琴上的电灯（灯座上雕有蓝色仙女图案），把吊灯熄了。当精致华丽的吊灯熄灭，房间就黑下来了。昏昏欲睡之中，有人给希勒尔喂了一匙糖浆般的蜜饯果。墙上和家具上隐约有人影在晃动。两位女士进进出出，在用俄语窃窃私语。透过下垂的睫毛，透过烟雾，希勒尔似乎看见宾亚米娜缓慢

---

① 原文为俄文。

地、用力松开姑姑天鹅绒长裙的一串纽襻。两位女士似在雾中漂浮，人影交织重叠。她们一定是在地毯上起舞，随着饰物和雕像堆里的留声机音乐节奏，吸烟跳舞。一位着浑身粉色衣袍，一位穿半腰衬裙。

黑暗中，她们在深陷的单人沙发中一齐向他俯下身来，用带甜味的手指揉着他的鬈发和面颊，在他的胸前轻轻抚摸，然后把他抬到床上。一股怪味直冲他的鼻子。他已经疲惫不堪，眼睛紧紧闭着。然而，一种突如其来的冲动和好奇心使他的眼睛偷偷撑开一线缝。微弱的光线下，烟雾弥漫，空气里充斥着汗臭和科隆香水味。他窥视到一种奇怪的令人脸红心跳的景象，宾亚米娜的睡袍前面的开缝处露出系衬裤的腰带。从床后面隐约传来吮嗫的声音和含混的俄语说话声。他全身上上下下忽然有一种前所未有的模糊感觉。他不知道发生了什么事，躺在床上不敢动弹。他看到肩膀、肥臀和说不出部位的曲线，一颗心不由得突突跳动。

他缓慢地呼吸，假装熟睡。他又惊又怕，睡意全消，明显感觉到胯下勃起。他闻到一股强烈的混香味，朦胧中有一个大个子女人在他面颊上吹气，似乎要试试他是否睡熟了。床单在窸窣作响。他又怕又喜，决定继续扮演贪睡的浑小子。

他脑子里忽然冒出米提亚叔叔说母羊时的眼神，还记起"不讲信义的阿尔比恩"，但他不记得是什么意思了。有一只手伸进他的短裤。一种像黏稠的果酱一样的东西在触摸他那绷得像铅笔的小鸡巴。他咬着牙，强迫自己不要做出反应，不要打乱有序的呼吸，装作无事一般地睡觉。好像不在此处，在远方。别让感觉停下来。母羊柔滑的粉色果酱越来越透明，越来越透明。顽皮的东方女孩把他摔倒在沙石堆上，在扯他的头发，有个女孩背心里面隆起馒头似的乳房。妈咪。一种湿润的鼓胀感，全身发紧，纤细的鸡巴在音乐女人手指间摩擦抽动。孩子轻轻地吐出一声呻吟。亚波洛娃夫人发出一阵低沉淫荡的笑声，留波夫·宾亚米娜忽然像一只疲乏的狗一样气喘吁吁。

钢琴上的灯灭了。房子里黑黑的，静静的。他睁开眼睛，除了黑暗，什么都看不见。周围悄然无声，没有响声，没有激荡的声音。希勒尔知道，爹爹和妈咪不再回来，姑娘们不会再和他在沙堆上打斗。再也不会有米提亚，再也不会有别的人，他们全都走了，不回来了。他孤零零地在屋子里孤零零地在邻居家里特拉扎空无一人耶路撒冷空无一人整个国家空无一人他被孤身一人留在狼群中和树林在一起和被咬碎的土耳其禁卫军士兵的骷髅待在一起。

十二

舞会的主要来宾是马耳他英雄、英帝国高级勋爵、皇家海军第一副大臣、海军上将肯尼斯·贺拉斯·萨瑟兰爵士。

他身材魁梧,虎背熊腰,脸色白里透红。他站在灯光闪耀的喷泉旁边,一身华丽的军服洁白无瑕,胸前勋章耀眼。他右手握着一杯鸡尾酒,左手拈着一枝娇艳欲滴的玫瑰,被一群军官和绅士们团团围住,被头戴红色土耳其帽、胸前金表链长垂到腰的阿拉伯显贵围着,也被小鸟依人、满眼秋水的英国贵妇人围着。皮肤黝黑的苏丹侍者臂弯里搭着雪白的餐巾,举着银托盘四处穿梭。

萨瑟兰将军眉飞色舞,对着围成一团的听众讲述带荤的故事,不时调侃几句海军切口。故事的主角是美国将军乔治·巴顿、戏场猴儿和脾气火爆的意大利女演员西尔瓦纳·朗歌。讲到煽情之处,男士们放肆大笑,女士们故作惊诧。

云石池水里彩灯忽闪,夜空中飘盏串串。纸灯笼在树梢上闪光,松树在晚风中轻摇。缓缓下斜的草坪点缀着丛丛玫瑰,一条精心呵护的小径穿插其中。整个官邸在遮蔽的泛光灯里如幻境一般，精雕细琢的耶路撒冷石拱门几无瑕疵。

阳台下面是一群耶路撒冷社团的名流，有犹太人代表处的头头脑脑，年长的银行家西尔提尔和托利达诺、特拉维夫市市长罗琦先生以及《巴勒斯坦邮报》的阿格隆斯基先生。他们神情激动地把政府发言人阿切博尔德·奇切斯特·布朗上尉团团围住，和他展开友好辩论。但是，上尉并不喜欢严肃的争论。他不止一次以不甚友善的语言抨击阿拉伯联盟。这些犹太名流认为这是政府对犹太人的友善姿态。莫谢·歇托克适时向同人做了个手势，认为有此结果亦属满意，可以立即转移话题，以免过火了。

于是，他们把话题转向死海附近迅速发展的钾盐厂。奇切斯特·布朗上尉借机将犹太人的基布兹和曾一时存在于同一地区的基督教社区做了一番比较。他还不失时机地把克劳斯纳教授关于基督教起源的著作赞扬一番，认为与此话题很是吻合。他的听众因此大受鼓舞，欣喜地意识到他在短时间内连续两次在情感上向犹太人倾斜。上尉对犹太复国主义的绅士们粲然一笑，说声告退，转身朝来自伯利恒阿拉伯显贵们做了个嘲讽的鬼脸。他朝莫谢·歇托克眨眨眼，神秘兮兮地说那些绅士们也有意强分一杯羹。说完，他转身扎进了阿拉伯显贵堆里。

奇普尼斯医生和太太好不容易尾随其他贵宾被引到耶路撒冷军事总督和坎宁汉姆夫人跟前，然后又被引荐给阿兰爵士本人。

勃劳姆雷老夫人一直没有露面，也许又晕倒了。阿兰爵士和坎宁汉姆夫人向父亲招手致意，说"很高兴见到你们"和"你们能来太令人高兴了"。阿兰爵士严肃的蓝眼睛对着母亲黑眼睛注视了一会儿，说道："请允许我这样说，亲爱的夫人，您的美丽和耶路撒冷的美丽都是造物主的同一杰作。我斗胆希望您不会因为我们寒碜的招待感到索然无味。"

母亲对爵士的恭维妩媚一笑。她的笑是那么灿烂，一如波兰诗中骑兵的泪水那般纯洁。

一个女招待过来把他们引到酒吧，交给一个美国调酒师照料。父亲点了一份番茄汁。笑口吟吟的母亲想了片刻，要了一杯樱桃白兰地。调酒师示意他们在一张小巧的藤桌前，与柑橘大王兹普金恩先生和阿拉伯民族女子高中的校长约瑟提·阿尔比莎莉夫人同坐。他们相互礼貌地致意。

官邸的阳台上，耶路撒冷军事总督正在发表一个简短风趣的祝酒词。他首先提及上一年五月大不列颠和它的盟友给敌人毁灭性的一击。他接着向酒会的主宾马耳他英雄、海军上将肯尼斯·贺拉斯·萨瑟兰勋爵致敬。他宣称，在这个世界上，无论是德国人、意大利人，还是在座的女士们，都为您的魅力所征服。他还向神圣的耶路撒冷表示敬意。他动情地发出呼吁，希望各宗教信徒之间精诚团结，互相谅解。他揶揄道，假若各宗教团体之间萌发爱意，那么热恋的人们首先要做的事就是让英国人出局。他说，这很好理解，在爱情游戏中容不得第三者。但是，我们英国人永远相信奇迹，三位一体在耶路撒冷并非没有完全可能。因此无论发生什么事，我们奉圣灵旨意，将继续留在巴勒斯坦。对此，我们有无可替代的作用。现在，请为英王举杯，为马耳他英雄举杯。也请为阿兰爵士和他迷人的夫人举杯。假如他们愿意再干一杯，我建议在座诸位为圣地的全体民众的再生、为所有的穆斯林、基督徒、犹太人和社会党人的和睦相处干杯。

舞会开始了。

在挂满彩灯的林子里，警察和军人乐师组成的乐队三人一组行进着，身上的绶带闪闪发亮。整个山丘回荡着鼓乐和铜管乐。官邸后面，点燃的爆竹把城市和沙漠天空映得五彩缤纷。微醺的海军上将涨红着脸大吼道："呵呵，尽情地笑吧！把枪架起来！预备，放！"

在灯笼烛光和焰火的映照下，女宾的彩色舞衣有如怒放的鲜花；音乐行水流云，响彻夜空。欢乐，狂荡，舞者翩翩。女士如青藤旋绕，男士在情侣耳边甜甜私语。苏丹侍者们雪白的短袖束腰礼服映衬着黝黑的脸盘，瞪大双眼惊诧不已。

父亲暗忖，罗马的末日想必也不过如此。霎时间，他那圆圆的眼睛下面乐观的蓝眼睛里不禁闪出哀伤之情。

母亲很快就被柑橘大王兹普金恩先生请去跳舞；转瞬间，母亲又出现在瑞典领事的怀抱，金发飘拂，香艳照人；而后，她轻轻地靠在一位长着拉丁八字胡的黑色巨人的肩上；未及喘气又被满口黄牙、一脸伤疤的独眼上校搂在怀里。

父亲没有朝这边看。他正聚精会神地和邻座的尤瑟提·阿尔比莎莉夫人交谈。他一定又在大谈他所巡视的家畜，或是近乎病态地兜售其饮食羊奶的理论。

高级专员若有所思地在来宾中穿梭。他在阿尔比莎莉和奇普尼斯医生的桌前稍作停留，无意识地拿起一块饼干，细细端详了一眼，又把它放回碟子。他似对阿尔比莎莉夫人，也似对奇普尼斯医生微微一笑，又或许是对他们身后耶路撒冷的灯火。他到底还是说话了："看看，你们干吗都干坐着，为何不去跳舞？不会在密谋什么吧？我可是以英王的名义将你们现场抓获啊！开个玩笑。祝你们愉快。"

说完，瘦削挺直的身体一转，继续在桌子之间巡行。

父亲带着一口浓重的德国口音用英语说："我知道有个人表面上亲近阿兰爵士，但骨子里恨透了他。"

尤瑟提夫人立即以流利的德语回答父亲，亲热得令人窒息："总之，没有什么希望。"

"夫人，这一点恕我不敢苟同。"

尤瑟提夫人颇有耐心地笑着说："请允许我作个简单的自我剖白。以您为例，您四十年前离开欧洲来巴勒斯坦，可您永远没有真正到达。与此同时，我们正在离开沙漠往欧洲去，我们也永远到不了。别指望我们有一丝一毫的机会能在中途碰面。我猜想，先生，您自认是社会民主党人吧？"

父亲惊诧不已。"我们一定得在这种特定时刻相遇？"

没有回答。

民族女子高中的校长从桌上收回她的丝手帕、弗吉尼亚牌香烟和画着圣母教堂的扇子以及所有属于她的物件。她以女性特有的狡诈眨眼，用法语向父亲说声对不起（父亲对法语一无所知），缓缓起身离座。她举止优雅，却不引人注目，一身玛琳·黛德莉式的长裙，臀部稍显肥硕。

他目视她离去，直到消逝在人群之中。随后，他看到妻子被人从草坪高高抛起，张开嘴发出无声的笑；他又见她稳稳落在马耳他英雄宽厚的手中，金发凌乱，神情激动，双唇分开，蓝色长裙被扯过了膝盖。

萨瑟兰将军嘎嘎大笑，夸张地向她鞠了个大躬，抓住她的手，将手心举向嘴唇亲吻、呵气、抚摸。她在将军腮上猛地吻了一口。音乐又起，他们再次起舞。她头靠在他肩上，他手臂搂着她的细腰，紧密相拥。

焰火放完了，音乐消停了，客人们散去了。在草坪舞池里，她还在与马耳他英雄旋转不止，直向树林而去，直至黑暗和树木遮住父亲的视线。

此刻，高级专员已经告别，军事总督在武装吉普护卫下乘专车离去，驰向大卫王饭店。最后一位客人亦已离去，消逝在去往停车场的方向。就连奇切斯特·布朗上尉以及苏丹侍者也撤离草坪，没入官邸后门。

纸灯笼一只一只熄灭，黑暗吞没了恶意山。只有探照灯继续在缓坡和树丛中巡回，更显得山林深处神秘莫测。官邸东侧，约旦沙漠里干冷骤然而起，一队官邸卫兵举着布伦轻机枪开始了夜间巡逻。

父亲孤零零地站立在空无人影的喷泉旁边。喷泉中，流水潺潺,彩光依旧;一尾金鱼在云石水池里与他对视。他感到冷,浑身疲惫不堪。幻觉中,他恍惚看见自己的母亲和姐妹们在西里西亚或是什么地方惨遭谋杀。加利利的牧场已不再存在,他也不再撰写专著和诗行。希勒尔不得不被送去某个基布兹的寄宿学校,留下对我一生的记恨。鲁宾博士死了,布勃和阿格农也将死去。假如希伯来国一旦建立,我不会去角逐管理兽医局的职位。真希望地下运动此刻出现,将这里统统付诸一炬。这可不是我应该想的。而我……

穿着借来的晚礼服,上衣口袋里插着白手帕,还有滑稽的领结和可笑的眼镜,汉斯·奇普尼斯医生活脱是默片中一个可怜的求婚者。

他闭上了眼睛。刹那间,巴伐利亚的鸟类学家浮现在他的脑际。他想起当年在遥远的边界线上和他一起在无路可走的地方踏出一条小径去约旦河探源的情景,至今还记得冰冷的河水和洁白的贺蒙雪山。当他睁开双眼,看到勃劳姆雷夫人像干枯的幽灵从夹竹桃树丛走来,身披黑色方巾,苍老、娇纵,如火的热情令人作呕。她在邪恶地大笑,笑得弯腰拱身。

"先生,您今晚失去的再也不能找回了。我可以替您给管园子的人传个口信。可是他也无能为力，因为他是个酗酒的希腊人，一个可怜的怪物。回家吧，我亲爱的医生。晚会结束了。如今的生活就像一场愚蠢的聚会，有点灯光，有些音乐，还有几支舞，然后漆黑一团。您看，灯已经熄灭，残羹剩饭已经打发给狗了。回家吧，我亲爱的医生。要不，我去叫起格莱副官，让他开车送您回去？"

"我在等候妻子。"父亲说。

勃劳姆雷夫人发出一阵刺耳的狂笑。"我有过四任丈夫。没有一个，我重复一遍，没有一个说过如此了不起的话。在我一生中，我从来没有听过这样的话，或许只在粗俗的闹剧里才有吧？"

"夫人，如果您能给我提供一些帮助，或者指示我谁能提供帮助，我将感激不尽。我妻子整个晚上都在跳舞，可能是醉酒了。她一定在这里什么地方，可能是睡过去了。"

勃劳姆雷夫人眼光一闪，淘气地向他吼叫："你是那位十天前用手指戳我胸衣的本地医生？！你真坏，真迷人。过来吧，让我好好吻你一口。过来吧，别怕我。"

父亲鼓起最后的勇气，"请帮帮我，夫人，帮帮我。我不能舍她而去。"

"太动人了，"勃劳姆雷夫人幸灾乐祸地说，"你们听这话，简直妙极了。他不能丢下妻子而去。他需要妻子每天晚上陪伴着他。先生们，女士们，这就是犹太人，《圣经》的子民，圣灵的子民。哈！您要多少？"

"多少什么？"父亲茫然不知所措地问道。

"真的！那荒唐的醉鬼肯尼斯要付给你多少钱才能让你安静下来并且闭上你的嘴？哈！你也许不相信，可在战争结束后的十二个月里，那愚蠢鲁莽的年轻人已经卖掉了三片林地、两个农场和一部狄更斯的手稿，都用来安抚可怜的丈夫们了。生活就是这样丰富多彩，腐朽迷人。他可怜的父亲曾经是一位随时等着朝觐维多利亚女王的绅士呢！"

"我不明白您的意思。"父亲说。

伯劳姆雷夫人发出有如钝锯一般高亢刺耳的大笑。她说："晚安，亲爱的医生。我真诚地感谢您的悉心照料。犹太手指戳入胸衣的感觉确实太妙了！春天里，巴勒斯坦的夜晚多么令人心醉。您回过头看看，多好的夜晚哪！顺便告诉您，我们尊敬的阿兰还是军校学生的时候就喜欢沾惹别人的妻子。但那吸血鬼特里希很快把他吸干了。可怜的特里希，可怜的阿兰，可怜的巴勒斯坦。向您道晚安，我可怜的奥赛罗。也向我道晚安吧。顺便问一声，是哪一个乱说胡话的精神患者

73

把这个臭水洞叫做耶路撒冷的？乱弹琴。再见①，医生。"

已经清晨三点了，父亲离开官邸向着德语区走去。在火车站门外，开着灵车的两个脸色苍白的拉比把他捎上车。他们说，他们刚刚参加过梅科-哈伊姆郊区的一个大婚礼，正赶路回圣赫得里亚附近的殡葬社。天蒙蒙亮，汉斯·奇普尼斯回到家已经快四点了。与此同时，海军上将正带着他的女朋友、司机和贴身侍卫坐在汽车里，在武装吉普的护卫下穿过沉睡的杰里科。汽车掉转头，晃眼的大灯划破夜空，直驶向死海岸边的卡利亚酒店。一两天后，黑亮的劳斯莱斯大轿车出发向东，驰入沙漠深处，穿山越谷，一直向前，向着巴格达、孟买和加尔各答。一路上，母亲用波兰语感情深切地朗诵密兹凯维支②的诗篇。将军像猪，像好脾气的牧羊狗一般神采飞扬地发出哼哼声。他一把撕开母亲的蓝裙，一只通红淫秽的手向里探过去。她毫无知觉，一刻也没有中断她那羚羊的歌唱，只是黑色的双眼闪着喜悦的泪花。将军的手指在她双腿之间不断深入。她转身向着他，告诉他被杀戮的骑士永远不死，像热泪，化作晶莹，化作力量。

---

① 原文为法文。
② 密兹凯维支（1798—1855），献身于民族解放运动的波兰诗人。

十三

第二天,热浪席卷耶路撒冷。沙尘从沙漠吹来,在山上空悬浮,久久不去。天空一片灰暗,怪诞得如秋之将至。耶路撒冷关闭了自己的窗扇,把自己封闭起来。白色的飘尘疯狂地洒落在每一座山麓。

所有的邻居都神情激动地集结在花园里。穿着咔叽短裤和背心的父亲站着,疲惫的双眼直勾勾地盯着无花果树,一脸漠然无助,圆圆的眼镜不知去向。

维希尼亚克太太握紧双手,用意第绪语喃喃说着:"我的天!"亚波洛娃夫人和侄女时而怒气冲冲,时而温柔如水,时而威胁说英军警察来了,时而哄他下来吃糖。最后一招是威胁说把你送到基布兹去。

勃列泽津斯基工程师涨红着脸,气喘吁吁地摆弄着两节梯子,想把它们接起来。房客米提亚趁着混乱使劲践踏花圃,将树苗一棵一棵拔起,把折断的树枝抛在身后;他嚼着衣领,声嘶力竭地喊道:"谎言,欺骗,虚假,全都是谎言!"

父亲绝望地哀求:"快下来,希勒尔。下来吧,儿子。妈妈很快就会回来，一切都会像往常一样的。那树枝不结实。下来吧，好孩子，我们不会惩罚你的。快下来吧，一切都会完全像过去一样的。"

孩子充耳不闻，眼睛向着昏灰的天空搜索，手脚不停歇地继续攀爬。四周的叶尖轻柔地向他亲近。往上，树杈已经变成嫩枝，化作了花蕊。他还继续往上，直至树冠，直至树之颤动处，直至树之无可去处。树枝已经刺向天空，一如小夜曲的最高音符。夜色已经笼罩天空，到了宝宝睡觉的时候，所有的鸟儿都归了巢，耶路撒冷的人在睡觉。他什么也看不见。既看不见园子里求救的人们，也看不见爹爹。没有房屋和高山，没有远处的高楼，没有石滩上星星点点的石屋，没有太阳，没有月亮和星星。什么也没有。耶路撒冷凝固了，只有沉闷的灰色仍在肆虐。孩子克制着心中喜悦和惊奇，自言自语道："什么也没有啊。"

然后，他吸了一口气，跃向最后的叶片，跃向天空的堤岸。

就在这一刻，救火队来了。但是，勃热泽津斯基工程师吼叫着把他们赶开："去，去！这里没有火烛！神经病！到塔甘罗格去！到赫尔松去，你们这帮堕落的家伙！那里才是大火熊熊！滚吧！到奥德萨①去！滚，你们统统滚蛋！"

米提亚轻轻搂着父亲颤抖的肩膀，把他扶进屋里，以极大的同情轻轻地耳语道："耶路撒冷，这个谋杀先知的城市，将会在地狱之火中锻炼出新的希腊文明。"

此后不久，老教授尤里斯·魏德曼带着他的小猫也搬来了特拉扎，住进了一间小石屋。一个国际咨询委员会来到耶路撒冷。前景光明，希望正浓。一天傍晚，米提亚的房门忽然洞开，邀来他的朋友们。除了固有的微微臭味，房间里一尘不染。三位学者将在这里逗留几个小时，一边喝茶，一边对着硕大的军事地图琢磨，算计着即将出现的希伯来国的未来疆界，雄心勃勃地在地图上标画征服中东的战役图记。米提亚第一次直呼父亲为汉斯。墙上，照片里的著名地理学家汉斯·沃尔特·兰铎尔默默地注视着他们，不无怀疑，稍带惊讶。

英国人走了。高级专员阿兰·坎宁汉姆爵士的照片出现在《纪事报》上，瘦削、笔挺、全套将军服饰，在海法港口向徐徐降下的英国国旗敬礼。

---

① 塔甘罗格、赫尔松和奥德萨均为前苏联城市。

希伯来政府终于在耶路撒冷成立。特拉扎的公路铺好了，郊区和城市连成了一片。小树成长了，大树却显苍老。绿萝沿屋顶和篱笆攀爬，鲜花在园中怒放。在靠近纳比-萨姆维尔的一次战斗中，泛约旦军团的零星炮火击中特拉扎，亚波洛娃夫人不幸身亡。留波夫·宾亚米娜·伊万·汉恩对希伯来国失去了信心，从海法坐上莫勒得特号邮轮，到纽约和她的姐姐会合去了。在纽约，她被火车撞死了，也许是卧轨自杀的。布伯教授也死了，寿终正寝。父亲和米提亚都被聘为希伯来大学教师，各自教授不同专业。每天早上，他们带上一盒面包卷和熟鸡蛋，一起登上开往拉提斯本和德拉山克塔大楼的公共汽车，在临时安排的教室里授课。在通往斯格帕斯山的通道没有开放之前，他们天天如此。老教授尤里斯·魏德曼退休了，一心一意为他们看管房屋。在他的精心照料下，整个屋子整洁光亮。他还终于弄明白了如何烫衣服。每月一次，汉斯和米提亚结伴去基布兹的学校里探望孩子。他瘦了，但一身古铜色皮肤。他们给他带来耶路撒冷买的巧克力和口香糖。在耶路撒冷四周的山丘上，敌人筑起了混凝土碉堡、掩体和射击点。

人们在等待。

列维先生

一

很多年以前,耶路撒冷有一位来自维尔纽斯①的老诗人,名叫内哈姆金。他把家安在则法尼亚街一条狭窄胡同里,住在低矮的石造瓦屋中,并且在花园的躺椅上消磨夏日,打发时光。

这个居民区建在山麓的一座大果园里。从这里,环绕耶路撒冷的群山尽在眼前;无花果树、桑树、石榴树和葡萄藤在习习凉风中沙沙作响,悄悄私语,像是提醒人们保持安静。诗人内哈姆金有点耳背,却从不放过树的私语。他要把树的对话写入诗行,通过自己的理解加以诠释。微风中的绿叶絮语、夏末繁花的芳香以及枯蓟的怪味,似乎全都在暗示即将发生的重要事件。他的诗永远充满臆测。

---

① 立陶宛共和国首都。

树丛中,结构简单的石造房屋一间挨着一间。每一间屋子都有铁锈围栏的阳台和低矮的篱笆,大门上镶嵌着大卫星,或写着"锡安"①字样。

也不知从什么时候起,居民们渐渐忽略了果树,任由高大的松树遮盖葡萄和石榴,偶尔出现的石榴花,还来不及结果就给孩子们采个精光。无人照管的果树和裸露的岩石之间,有人栽种了夹竹桃、紫罗兰和天竺葵。然而,花圃也很快被遗忘,任人践踏。到处是荆棘和碎玻璃瓶子。花草枯死的枯死,疯长的疯长。房屋的后院里,住户们把从俄国和波兰的托运行李用过的包装纸板搭建成摇摇欲倒的小棚;还有人用橄榄油桶铁皮钉在木梁上搭建成鸽子笼。鸽子没有招来,却成了乌鸦和麻雀的安乐窝。在无人知晓的地方还藏着一只不愿离去的杜鹃。

居民们早就想离开耶路撒冷,到宗教势力不那么盛行的地方另寻住处。有些人相中了郊区,如贝特-哈克里姆、塔尔-皮耶特或里哈维亚。他们几乎全都相信,艰难岁月即将过去,希伯来国就要建立,一切都会变好的。的确,他们已经经历了太多的磨难。这个时候,在居民区里诞生的第一代儿

---

① 犹太人及其宗教的象征。

童已经成长起来,他们的父母很难向孩子们解释他们为何而来,从什么地方漂泊至此,又在等待什么。

诗人内哈姆金和独生子艾佛莱姆住在一起。儿子是个电气技师,一个理想主义者。我和大多数住在这个区的孩子们一样,相信这个艾佛莱姆一定在希伯来地下运动组织中担任着某种神秘而又可怕的角色。他身材矮小、皮肤黝黑、一头鬈发。这位技师总是穿着一件蓝罩衫,双手几乎没有停下来的时候。他修理熨斗和收音机,甚至动手装配无线电发射机。有些时候,他一连几天不在这里露面,回来的时候却是被太阳晒得通红,神情孤僻,满脸冷漠和愤恨,估计是在外出期间看到的事使他心里难以忍受。我和艾佛莱姆之间有一个共同的秘密,还在冬末的时候,他要我做他的副手,当然,是许多副手之一。

然而,他不告诉我他在外出期间的所见所闻,因为觉得我还不合适知道。

尽管他愤世嫉俗,整天愁眉苦脸,但他身边总是围着许多姑娘,其中包括斯格帕斯山大学的一位骨瘦如柴的姑娘。有些时候,姑娘们还和他一起待到天亮才走。依我看来,这些来客没有必要来打搅他,她们一点也不漂亮,也不招人喜欢。我恨她们,因为她们给艾佛莱姆起了一个丑陋的绰号"青蛙"。我还担心情爱会使艾佛莱姆在夜里向她们透露只属于我俩的秘密。我在电影里常常看到,爱情使英雄丧失理智,从而导致回头无路。

有一次,我帮邻居格里尔家的男孩弄了一套作弄人的小玩艺儿,在一个生锈的铁筒里灌上稀泥,然后把它挂在桑树上,绕上一根铜丝横过胡同。我们躲在树后等着有人来上当。斯格帕斯山上的那个干瘦的婆娘过来了。可是,她小心翼翼地跨过铜丝,狠狠地朝桑树瞪了一眼,伤心地说:"你们真不害臊。"

格里尔家的男孩们放声大笑,我也跟着笑。接着,我们又把碎玻璃往一些信箱里放。

不久,我忽然感到害臊,整整一个上午心里都不自在。吃午饭的时候,我跑到艾佛莱姆的修理铺向他作了彻底的坦白。我没有提起那些男孩,把一切揽在自己身上。艾佛莱姆关上门,说我们的恶作剧是愚蠢的小孩玩艺儿。不过,他很快原谅了我,开始教我怎样将汽油注入铁罐,用引信点燃。他说,只有这样,我才能在决战时刻一显神通,而不会像欧洲的犹太孩子,绵羊般地任人宰割。

在他房间的床上坐着一位姑娘,静静地为艾佛莱姆钉纽扣。这姑娘长着一副苦瓜脸，满面土色，好像连嘴唇也没有似的。

"尤里是我们的人，"艾佛莱姆转身对她说，"他是个很认真的孩子。"他又补充道："总的来说，在这个社区里有不少杰出的人力资源。尤里，这位是鲁哈玛，她不是你想象的那种人。"

鲁哈玛用两根手指扶了扶眼镜，手里仍然拿着针。她什么都没说，我也不说话。暗中断定这个鲁哈玛会把我们全都出卖给英国警察。真奇怪，艾佛莱姆怎么这么不负责任，让这婆娘进入他的修理铺，坐在他床上，甚至留她过夜？我想，要爱就得等到胜利之后。她一点儿也不漂亮，还不愿意理睬我。什么东西！

老诗人想方设法要阻止姑娘们来修理铺。他常常将躺椅搬过来横在大门口，自己躺在上面等她们来。可是，园子里有两个进口，篱笆也到处崩塌；而且，艾佛莱姆的房间还有扇后门通向遍地乱石的园子和铺满溜滑松针的三级石阶。

实在按捺不住的时候，老诗人就拦住某一位姑娘，极尽礼貌地张开笑口说："对不起，亲爱的女士，我想你也许弄错了。我必须郑重地提醒你，这里既不是啤酒屋，也不是贼窝，这是私人住宅。再说，年轻人不在家，他出门旅行去了，没有留下口信，我也说不准他什么时候会想到回来。"

暑假一开始，我就和内哈姆金先生结成了秘密同盟，要一起阻挠这些定期的入侵者。他躺在屋门口静候，我在花园里打埋伏。

艾佛莱姆不外出游历的时候喜欢睡午觉，直到傍晚才起。他大汗淋漓地躺在修理铺的草席上，睡得极不安分，常常讲梦话，甚至手舞足蹈，还会在突然翻身的时候发出痛苦的叫唤。这个时候，我就蹑手蹑脚进屋探听，生怕他在梦中说出秘密让别人听到。然后我又蹑手蹑脚地出来，继续打埋伏。

假如有哪个婆娘来打搅艾佛莱姆的睡眠，我和内哈姆金先生就在门口截住，对可恶的问话如"青蛙上哪儿去了？"之类报以生硬的回答。

我黑着脸说："他不在。我是他的副手，有话就对我说。"

内哈姆金先生则柔和地补充说："我们真不知道年轻人什么时候外出归来。可能明天，也可能后天，不会很久吧。"

有时，姑娘会让我们递个纸条或留下口信，我们一律拒绝。没有必要，也不在理。总之，这个时候，谁能接受一个陌生人的信呢？

姑娘要么抗议，要么就说打搅了，改天再过来，或者不情愿地说"你们误会了"、"很抱歉"之类的话，然后转身就走。

当她转过身子，内哈姆金先生就会小心翼翼地检讨我们的行动，一字一句地说："我们没撒谎吧？也没有给那位女士错误的信息吧？不过，睡眠确实是某种到遥远的世界游历的体现。至于口信和纸条，那是应当绝对禁止的，它会使人成为罪恶的使者。"

当姑娘消逝在胡同的瞬间，他谨慎地预言："依照她心中的欲望，她很快会去找另一个年轻男人，可能还不止一个。就我们而言，我们只有一个艾佛莱姆。因此，我们——可怜的诗人内哈姆金和优秀儿童尤里，要坚守阵地，团结一致，永远也不要被陌生人引入歧途。年老的诗人和年轻人将坚守要塞，保卫真理。现在，恢复和平。去做你的事吧，我要继续打盹了。各自执行吧。哦，上帝也许要赋予我们密切关注拯救耶路撒冷的重任呢。"

二

内哈姆金先生身材粗壮，双手抱在胸前十足像个玩具熊。他拖着一双老腿，完全靠雕花拐杖支撑着走路，像是肩负日益沉重的包袱无可奈何地游戏人间。诗人从《圣经》中得到几处隐晦的启示，说在耶路撒冷山下的朱迪亚沙漠①藏匿着一个人们看不到的绿海。那不是死海，根本说不上是海，只是许多泉眼或水井。那里住着连罗马军团也未曾发现的艾塞尼派②信徒和梦想家。这正是他最近几天想要去的地方。他要去把身上的负担卸下来，以便轻装上阵，自由自在地走他自己独有的路。

他常说："我为他们感到遗憾，感到汗颜，长着眼睛却什么也瞧不见。"

他还说："他们张口说话却充耳不闻。圣谕已经发出，他们的时代过去了。利剑在闪露锋芒。除了吃喝，他们徒有其表，貌似无畏，实则盲目无知。我心悲哀，我意怜悯。"

内哈姆金先生的预言有时好像很灵验。有一次，他在杂货铺门前俯身悄悄地对我说，以色列王不久就要从他藏身的裂谷中现身，杀掉高级专员，重夺耶路撒冷王位。又有一次，他说有人托梦，希特勒其实没有死，而是藏在基塔尔，在杀

---

① 在古巴勒斯坦南部地区。
② 公元前二世纪至公元一世纪犹太教的一个派别，主要由下层群众组成，政治上反对哈斯蒙尼家族统治，宣称弥赛亚即将来临，被犹太统治者视为危险分子，在马加比王朝末期遭到迫害，逃至乡村和山区。

人不眨眼的贝都因人黑洞洞的帐篷里。暑假过了一半的时候，在阿布月①斋戒前几天，他把我带到花园里干枯的夹竹桃树丛中，催我给树浇水，说信使已经来到耶路撒冷的城门。第二天早晨五点，一阵喊叫和呻吟声把四邻吵醒了。我穿上短裤，顾不上穿鞋就急忙冲到门口。只见格里尔家的三个男孩勃兹、约伯和亚伯纳尔站在胡同中央拼命敲打破沥青桶。衣衫不整的婆姨们也都跑出屋子，互相打听发生了什么事。狗莫名其妙地狂叫。德高望重的吉思查·鲁夫班恩拉比在教徒和教士的簇拥下从忠实余民犹太会堂走出来，悲天悯人地反复高呼："出来吧，不洁的人们！以上帝的名义，出来吧！"

可是，他的呼喊只惊动了邻居，许多人穿着睡袍走到门口。海伦娜·格里尔挨个向男人们哀求，要他们先保护孩子。我一眼瞥见内哈姆金先生正若有所思地站在自家花园门口。他身穿深蓝色的上衣，系着波兰式领带，胸前插着一朵扎眼的纸花，脸上露出宽容优雅的微笑，紧紧地握着虎头拐杖。

母亲没有出来，她让父亲去叫醒药剂师维希尼亚克太太，担心有人晕倒或有什么意外发生。没有发生意外。我们看见有一群五颜六色的队伍从东边的布哈兰区朝这边过来。领头

---

① 犹太教历五月，即公历七八月间。

的是一个骑着小毛驴的小老头，一副底层百姓的打扮。他也许有病，也许走累了，两个干瘦、头发粗黑、腰间别着布袋的库尔德侍从在两边搀扶着他。

紧随其后的是布哈兰区的男男女女和小孩。这情景使我想起在学校里学过的《出埃及记》[①]。队伍中有人敲打旧铁罐，有人粗声粗气地唱赞美诗，还有人喃喃地祈祷念咒。老头骑的小驴温顺可怜、瘦弱、毫无血色。我到处搜索艾佛莱姆，但连人影也不见。他的老父亲对我眨眨眼，摸着我的头发平静地说："愿上帝保佑他们。"

队伍从则法尼亚街折向阿摩斯街，继续往西，沿着斯奈拉兵营的石墙前进，在对着钟楼的城门口停住脚步。

邻居所有的小孩（当然包括我）从队伍两边冲向城门。我们发现英军哨兵在沙包上架起了汤姆枪，对准人群，喝令他们停下来。我们也停住了脚。

斯奈拉楼顶镶着难以辨认的老式德文字。楼上的大钟很多年前就不走了，但每隔半小时还响一次，指针则一动不动，永远精确地指向三点零三分。人群中在传言，深夜里从神秘之处来了一个神秘人。他将创造奇迹，让时间倒流。他将呼

[①] 指《圣经·旧约·出埃及记》，主要描写了摩西率领以色列支派离开埃及的故事。

唤大卫王和他的骑士从楼顶飞扑而下；十个失踪部落[①]的千军万马也会从山中蜂拥而至。布哈兰的老妪开始用干瘦的双手拍打胸脯，一个跛子呼喊道："这是上帝创造的日子！"因为想不出合适的词来，他倏然沉默。我和勃兹、约伯、亚伯纳尔以及社区所有的小孩一起狂叫起来："自由移——民，希——伯来国！"

"苦啊，可怜的人！"鲁夫班恩拉比喊道，可是谁也听不见他的声音。

英国人开来装甲车挡道。一个军官手握喇叭站在车上，傲慢地命令人群散去。可能是喇叭有毛病，我们只看到他嘴唇在动。人群静下来了，安静得就像我们在学校里学过的成语"鸦雀无声"。沉寂中，只听到远处传来鸟叫和公鸡打鸣。天刚破晓，晨光灰中带蓝，隆美玛山顶的柏树和大水塔在晨雾中若隐若现。老头在驴背上挺直腰，从袍子里掏出一条肮脏的手帕，对着手帕吐了一口痰。人们静默无声。老头把手帕折好放进怀里，扬起头，小心翼翼地戴上眼镜，手颤颤巍巍地指着大钟（也许是钟楼），喃喃地说了一些话。我没听清楚他说什么，

---

① 传说中犹太民族十二个部落中神秘消失了十个部落。

但可以看到他涨红的脸神情激动。突然间，他清晰有力地喊起来："让太阳升起来吧，让神迹出现吧。就在此刻！"

就在此刻，太阳升起来了，巨大无比，金亮亮的；耀眼的阳光照在山顶，照在佩特诺斯特和奥格斯特-维多利亚高楼上；在橄榄山上闪耀，在长满树木的斜坡上刺眼地晃动。它熏烤着吉拉、阿瓦、克里姆、阿弗拉罕姆和梅科-巴鲁克所有屋顶上的水箱。我只想逃离，因为整个耶路撒冷像在熊熊烈火中燃烧。

所有的人，包括信和不信的人，包括内哈姆金先生、鲁夫班恩拉比，都在仰望冉冉升起的太阳，都把眼睛转向钟楼，甚至连站在装甲车上的军官也不例外。

可是，大钟仍旧岿然不动，指针仍旧停留在三点零三分。

远处，杰兰居民区响起了火车汽笛。这时，有人点燃了香烟，人们在交头接耳。一个女人不知是在笑还是在呜咽。老头叹了口气，从灰色的驴背上下来，颤颤巍巍地斜靠在库尔德侍从的手臂上，悲哀地说："等下一次吧。"

德高望重的吉思查·鲁夫班恩拉比立即感到无比愤怒。他用意第绪语命令使徒们将闹事的恶棍们轰回到他们爬出来的黑洞里，让这场亵渎上帝的闹剧收场。英军军官到底把喇叭弄响了，命令人群五分钟之内和平解散。

我用手肘撞开一条路，来到内哈姆金先生身边。

"内哈姆金先生，请您告诉我接下来还会发生什么事？"

他把雕花手杖换到另一只手，轻轻碰了碰我的额头，帮我把落在额前的头发拨回头上。他那苍老的手冰凉，声音却和蔼可亲："尤里，我们有的是耐心。我们要继续等待。"

不久，英国警察从隆美玛列队走过来，开始驱赶聚集的人群。但是，他们对残留的局面无能为力。艾佛莱姆和他的同志们好像有备而来，在记者身份的掩护下乘乱在墙上、窗户上、电线杆上、商店橱窗上贴满颠覆性传单。传单充满了煽动性的口号，如"纳粹-英国佬统治的日子快完了""希伯来地下运动已经判处高级专员死刑""犹太人经过血与火的锻炼，必将在血与火中重生"。

教士们回会堂去了，布哈兰来的人群四散东西。商店开门了。群山酷热如火。耶路撒冷酷夏的又一天开始了。

三

每逢远游归来的当天午后，艾佛莱姆都要来我家拜访，除了秘密考我的无线电电波和频率知识外，就是和父亲下一盘棋，也少不了远远望我母亲一眼。

父亲和艾佛莱姆沉迷棋枰的时候，母亲则面对窗户，背靠房间坐在琴凳上。艾佛莱姆像电影里的英雄那样不经意地瞥母亲一眼，却隐隐有不安的神情。大人们的沉默也使我感到不安。那时的耶路撒冷，每天傍晚都能听到远处传来救火车的声音。父亲怕有口臭，口里总是嚼着薄荷叶，艾佛莱姆不停地抽烟，常常熏得满眼泪水。母亲翻来覆去弹着同一首练习曲，一副得不到反应决不罢休的架势。窗外，风拍打着树叶，像在乞求安静。可是，屋子里真的很安静呀。

朝北开的窗户上，我在窗台摆开了战场。软木塞、图钉、锡纸、火柴盒和空烟盒成了我的战舰、军队和坦克。我调动巴尔·库克巴[①]和布登尼元帅的军团向纳粹闪电部队展开机智的扫荡行动。暑假过了一半，我的马加比[②]军队就已经征服了雅典，攻破了罗马城墙，烧毁了罗马宫殿，推倒了高楼，继续向柏林和伦敦形成包围态势。冬天的雨雪封锁了道路，我们将迫使敌人无条件投降。

其实，这是艾佛莱姆制订的战略。

"永远从侧翼进攻，"他教导我说，"永远从沙漠、森林、

---

① 巴尔·库克巴（？—135），巴勒斯坦犹太人领袖，曾经领导犹太人起义，反对罗马统治。

② 马加比家族，公元前168年领导犹太游击队反抗叙利亚统治，重建犹太国。

山谷，从最出其不意的地方进攻。"

他说话的时候，眼睛里闪耀着光芒，手老是抖动。他悄声补充说："只是不要相信他们，永远也不要相信。他们希望看到的是我们的血。"

他提出建造陆地潜艇（被我们称为"X光潜艇"）的想法。那是一种能够从地下穿透熔岩，发射鱼雷，进而摧毁城市的潜艇。

"地球将为之颤抖，"他说，"把城市烧成灰烬，将高楼摧毁。只有到了那时，我们才能知道什么叫安静。"

我就爱看他倏而愤怒如火，倏而平静似水的神情。

他许诺说，我一定能够看到地球颤抖，高楼倒塌和万物归于平静。他的话令我的心狂跳不已。

我追问他："可是，要到什么时候？"

他冷酷诡秘地笑着，没有回答我。

更糟糕的是，他居然要甩开我，无情地嘲弄我。

"尤里，继续玩你的玩具吧。我要做点实事了。每个细节都要深思熟虑。"

艾佛莱尔整夜都在监测来自太空的无线电波和频率，企图捕捉死光。每当我哀求他至少点拨一下什么是死光，他就爆发出歇斯底里的大笑："臭光、紊乱的光、乱七八糟的光。

你干吗不学会闭上你的嘴巴,像安分守己的战士一样等候命令?你最好去和别的孩子玩你的弹子、陀螺和纸飞机。去,快滚!干吗老缠着我?你当我是谁?你的保姆?去,滚!"

我夹着尾巴从修理铺撤出来,像是在战场上被褫夺功勋和肩章、遭到羞辱的元帅。我坐在开裂的石阶上,用松针扎自己的膝盖,百无聊赖地哄篱笆上的那只蠢猫睡觉。我在悔过。

艾佛莱姆和他的诗人父亲开了一家电器修理铺。内哈姆金先生负责接收和登记送来修理的收音机和家用电器,也负责催收到期的应付款。他从《圣经》引经据典,和顾客们一道猜测政治局势。他用铜板似的大手在大账册上记录收支明细,也有权给顾客打折甚至赊账。

艾佛莱姆也会让他父亲和我给他绕线圈。有一次,他借他父亲耳背的缺陷,悄悄告诉我:"他死后,我让你取代他做诗人和出纳。"

旋即,他又变卦了。

"不,我们会死在他前面。他将在我们的墓前摆一个花圈,为我们祈祷。他会说,他们生而活泼可爱,死后也不分离。他们夜夜奋起,继续为人民而战斗。战争是残酷的,血腥的,只有下一代人才能享受安静。"

只要不外出,艾佛莱姆就整个上午坐在破铜烂铁和旧留声机旧收音机堆里做白日梦。他会突然发怒,用螺丝刀和钳子敲打这些无用的零碎玩意,把这些东西拆散,从中捡出不同的材料再拼接起来,直到把这些破烂玩意变成闪闪发亮的摩登物件。他常把"焕然一新"挂在嘴上。的确,正如他说的,他的工作是使顾客们丢掉的旧玩意儿焕然一新。发完脾气后,他又继续发呆。灰蒙蒙的夏天到处是尘土,到处是乱飞的蚊蝇,蜘蛛在墙角编织厚厚的网,静静地守候猎物。艾佛莱姆像哼哼唧唧的狐狸那样打呵欠,愤怒地伸伸腰,朝地上连连吐痰,几乎无意识地拿起维希尼亚克太太的熨斗修起来。修好后,又继续他的白日梦。

中午,他给我们炸薯条,和他父亲分享香肠。吃完午饭,他脱掉罩衫,只穿着内裤躺在汗迹斑斑的草席上,一副劳累的样子。他不安分地一直睡到黄昏。这个时候,我们又担负起防备姑娘来打搅的重任。

一到晚上,艾佛莱姆就进入了他的神秘生活,我这才成了真正的副手。他像只灵巧的猫,沿着排水管爬上屋顶,在上面竖起各种各样的天线，然后开始检测频率。我的任务是坐在黑洞洞的铺子里，对着一闪一闪的接收器抄写监听到的信息。直到家里叫我回去睡觉，他还在无休无止地搜索，试图从稍纵即逝的星际脉冲中分离出单一讯号。

有时，他也会放下架子向我解释一些简单原理。他说，重力射线是射线的一种形式。你看我这里，左手拿着的铁锤和右手拿着的香烟同时落地，但冲击力不同。大自然不断地衍生相对的现象，生与死，火与水，希望与绝望。因此某个地方一定会有一种与重力射线互为反作用的对光。只要我们找到它，就可以无所不为。现在，立即出去，把这一切彻底忘记。

我当然理解不了这些科学道理，但作为一个军事人员，我充分认识到，只要我们掌握这种神秘的光，英帝国就逃不脱失败的命运了。

有时候，个别姑娘会突破我们的防线溜进艾佛莱姆的房间，与他共度良宵。即使这样，艾佛莱姆也不会关闭接收太空讯号的接收器。他们一定在外太空尖锐刺耳的讯号中做爱，也可能在做不那么丑陋、不那么大汗淋漓、又使我想入非非的事。有一次，我摸黑溜到窗前，像一只猫头鹰藏在黏糊糊的辣椒树上，全神贯注地偷听。漆黑一团的屋里传来的声音使我浑身打战。我不知道究竟是呜咽或者是沉闷的笑声，或者是星际的无线电讯号。我浑身上下沾满了辣椒树苦涩的树脂。我突然惊慌起来，想着所有一切都会被击得粉碎，艾佛莱姆和那位姑娘会死去，内哈姆金先生、妈咪和爹爹都会死去，只留下我孤身一人在耶路撒冷的灰烬中。辣椒树的气味会使我暴露，嗜血成性的匪帮将从山里冲出来血洗耶路撒冷，只留下孤零零的我。于是，我爬下辣椒树，摸黑在屋子周围蹑手蹑脚地走动。忽然，一只受惊吓的猫窜出来，把我吓了一跳。我站在内哈姆金先生的窗户前，脸紧贴在铁网上，悄声唤道："内哈姆金先生，请您过来。"

但是，他没有理睬我，其实他根本听不到我的惊呼。他像往常那样坐在屋子里，参照《圣经》的描述和其他资料，用废火柴建构圣殿模型。这个工程已经进行多年了，什么时候能够建成却遥遥无期。据他解释，由于资料来源各异，他只好建了又拆，拆了又建，时而依据这个方案，时而参阅另一个方案。

他用苍白粗大的手指拈起一根根火柴伸进碗里蘸面糊，牙齿咬着一股线，口中念念有词：

主啊，我们的王，

发发慈悲给我们启示，

虽然我们不配。

我躺在床上不断挠痒，身上一股辣椒味。我隐约听到剩余忠民会堂传来守夜信徒虔诚的诵经声。夏天很快就要过去，最后审判日即将来临。

在这暖和的夜晚里，邻居的狗不知受到什么惊吓，断断续续地呜咽和干嚎。

四

艾佛莱姆是个头脑敏锐但又性急的棋手。由于父亲从不冒险，有时也能设法击败他。他一贯采取谨慎的防守战略。

每当父亲逮住艾佛莱姆游离在外毫无防守能力的兵，艾佛莱姆就会傲慢地说："不错，棋慢但稳健。"

父亲并不反唇相讥，只是催他："艾佛莱姆，集中精力。还不到认输的时候。我不介意和你换个位置，就现在的布局也行。"

艾佛莱姆当然拒绝父亲的建议，只是轻蔑地说："今天一决胜负！"

他要父亲废话少说,来盘认真的:

"科罗德尼,别喋喋不休地分散我的注意力。从现在起每一步我都会置你于死地,到时你就无话可说了。"

"走着瞧吧,"父亲心平气和地说,"我现在围住了你的车,要吃掉你的兵了。"

"尽管吃吧,"艾佛莱姆来气了,"你要上钩了,我给你下好了套。"

"走着瞧吧。"父亲不露声色地重复道。

他们在起居室栗色台前相对而坐。艾佛莱姆矮小黝黑,衬衫随随便便地敞开着,露出毛茸茸的胸膛。他头朝前倾,随时准备进攻。父亲穿着背心和稍宽的咔叽短裤,刮得很干净的脸颊微红,眼角带着笑纹(我私下形容这是"校长式的微笑")。

棋枰在他们之间铺开,桌子上摆满果仁、饼干、苹果以及印着白帆渔船的餐巾,还有一只女人握手形状的瓷烟灰缸;一个酸奶瓶立在这些零碎之间,里面插着一束枯萎的白玫瑰,焦黄的花瓣时不时飘落在桌布上,与桌布上印满的娇艳欲滴的彩色玫瑰形成强烈的反差。父亲不时拈起花瓣,入神地盯着,灵巧地把它折成小方块。

艾佛莱姆随手拈起一个棋子，不耐烦地在棋盘边上敲击，似乎催父亲快点下子："科罗德尼，还犹豫什么？你已经别无选择了。"

父亲说："你说对了，我是想力挽狂澜。"

这时，稳坐在琴凳上的母亲说话了："你俩别吵了。不就是一盘棋嘛，何必较真。"

这话我可不喜欢，父亲和艾佛莱姆并不是在较真。

起居室陈设简单但布置有趣。窗帘明亮飘逸，淡蓝的天花板赏心悦目。墙壁上的碎花图案似乎显出装饰者独具匠心，表明他不仅仅是个油漆工，而且是醉心园艺的人。在餐具架的玻璃门里，餐具密密地排列有序，像是在等待高官检阅；架子上放着一盏蜡烛座，四支灯泡状烛台交叉分列两边。

屋子另一边墙上挂着一排书架。上面摆放着《现代评论》《巴勒斯坦报》《犹太人历史》《世界简史》《比亚力克诗全集》《车尼可夫斯基诗选》和顾尔的《希伯来词典》；由于没有空地，一套《文学精选》被摞在其他书上。餐具架上方挂着一幅画，画的是一个拓荒者在杰兹里尔山谷的农田扶犁耕作，画的上角，一群乌鸦在吉尔伯亚山上空盘旋。母亲的钢琴上放着一尊肖邦的石膏胸像（我私下叫它兹克苏帕克先生，因为它有点像乔治王街维拉时装店的老板)。胸像下面刻着一行波兰语,母亲告诉我写的是"谨献上我一颗炽热的心,直到我停止呼吸"。在我的窗台旁边挂着一只犹太民族基金会的募款箱,是用粗大的铁钉钉上去的。箱子上贴着一幅这个国家的地图。我把曾经募捐到过款的地方涂上棕色。我从颜料盒里拿出彩笔在箱子上画箭头,一条箭头沿着耶路撒冷北上,穿过杰里德和戈兰高地,直插黎巴嫩山区;另一条则南下到死海岸边的莫阿伯边境。我想通过钳式运动把整幅地图涂满颜色,占领整个国家。起初,父亲大为光火,坚持要我擦干净自作聪明画上去的痕迹,把箱子仔细洗干净并且晾干。后来他改变了主意,脸上带着校长式的微笑说:"好吧,就保持原样。你是想入非非。就留着吧。"

母亲说:"我们每个星期五投两分钱,可总不见满呀。是不是都给热气蒸发了?好了,不说了。科罗德尼,去给冰箱买块冰回来好吗?或者叫你儿子去?我不管你们谁去。只要快。要不蔬菜就要蔫了。"

如果艾佛莱姆赢了棋,父亲就会来精神,并且风趣地说:"才一局嘛。"

由于母亲的出现使艾佛莱姆常常分散注意力,或者另有所思，他接二连三地出错并且输棋。这时，父亲就会满脸通红并且困惑地说："喂，艾佛莱姆，"他焦急地低声说，"看你下的臭棋。怎么啦？"

艾佛莱姆的反应是一阵无声的愤怒。他拈起一粒果仁用牙齿咬着，向母亲的肩膀或窗户外边远处的山丘瞥上一眼，噘起嘴唇说："科罗德尼，算你赢了还不行？再来一盘。这次认真下了。"

好像刚才只是热身，输掉的一盘只是让不知好歹的父亲尝尝甜头，现在才是真刀真枪的拼，不让了。

这个时候，母亲一般会中断弹琴，走过来制止即将爆发的实战。她一只手搭在父亲的肩上，另一只手扶着艾佛莱姆的椅背说："够了，你们俩别下了。我们好好喝杯茶吧。"

父亲和他的客人立即异口同声地说："不用，真的不用。不麻烦你了。"

母亲不理他们的抗议，转身对我说："尤里，帮我一把，好吗？"

我立即扔下软木塞和锡纸，在两边竖起免战牌，跟在母亲身后进了厨房。我喜欢摆弄茶具，在黑色玻璃面的手推车上小心翼翼地把东西摆好推进起居室。一共是五个玻璃杯、五个茶碟、五个色拉碟、五把蛋糕叉、一把宽叉和两把窄叉，还有五把长茶匙。我还在桌子上放上糖、牛奶和柠檬，再添一些果仁和饼干。水很快开了，母亲准备沏茶。这个时候，我要做的就是走下台阶，穿过胡同去叫醒正在仲夏午睡的老诗人。在无人照料的花园角落里，老诗人躲在枯萎的天竺葵和蓟丛里，躺在椅子上睡觉。我走过去轻声唤道："内哈姆金先生，请醒醒。我们在喝茶。他们问您是不是也来？"

起初，老人没有动弹，只是睁开他的蓝眼睛吃惊地望我一眼，皱巴巴的脸上现出疲惫无奈的笑容。他用手轻轻指了指辣椒树，上面有一只不见影的鸟在欢叫。

"怎么啦，孩子，发生什么事啦？是哪里着火了？呸，我都说了些什么？"

他立即又补充说："啊，是年轻的尤里。你大声点说，让我们听听你要说些什么。"

"他们在喝茶聊天，内哈姆金先生。他们请您去。"

"你说什么？哦，我还以为有人说哪儿着火了呢。呸，呸。我没看到有烟火呀。我一定来，一定来。一起走吧，诗人和年轻人一块走。让我们快乐地同去同归，满载而归。"

当我们穿过胡同和花园，踏上台阶的时候，老人开始说道了。他声音柔和动听，用词极为严谨，无论听者甚众或是仅我一人，或者全无听众，似乎一点也不影响他的情绪。他说漠视他人苦难是无耻的，所有的苦难终将结束。他嘲讽命运，但说人们必须经受命运的考验。已经到了家门口，他还在絮叨不止。艾佛莱姆和父亲站起来迎接他，接过他的虎头拐杖，安排他坐在母亲和窗户之间。坐下来之后，母亲给他斟茶，但并没有影响他继续说道。不管这种场合是否合适，他继续滔滔不绝地倾诉他的思想。正如他所说，这在他脑子里已经构思有时："……从来就没有牧羊人，也没有火柱。只有刺眼的烟柱，使所有的眼睛熏瞎。千年如一日，或是天籁的声音响起，或是燃烧的大火发光。该发生的必定要发生，犹太民族的苦难终将结束。我们再无法忍耐，我们已经走到尽头。不，女士们先生们，不，我不能再喝第二杯茶了。世界上没有任何力量能让我再喝，除非我在你们眼中是个贪杯的人，是个醉汉。一杯已经足矣。不过，我怎能拒绝您呢，亲爱的夫人。如果不麻烦，我将高兴地和您喝第二杯茶。若蒙垂顾，我愿意为您吟诵几段拙句，然后告辞，继续我的春秋大梦。谢谢诸位对我的款待。愿主赐福诸位。"

他的话引起一阵沉寂。

艾佛莱姆望着母亲，父亲望着艾佛莱姆。

我趁机离开桌子，溜去我的战场，与我的香烟盒和图钉会合。它们有些充当装甲部队，有些代表在波希伦要塞惨遭伏击、寡不敌众而牺牲的马加比勇士。

透过窗户，我可以看到斯奈拉兵营高墙里的操练场。小得像蚂蚁的士兵在忙忙碌碌地扫地，给树干粉刷白灰，用绳索分区以便堆放瓦当。夕阳下，这些士兵是那么的渺小可怜，他们真没有必要来这里冒险。

这个城市群山环绕。夜色中，山向我们步步逼近，把我们笼罩在黑暗中，男人和男人，男人和女人，妇女和儿童都分不清。它们可能已经发现死光，正在集结能量，和晚霞融合，或者在静待星星出现。每一个傍晚，隐隐约约的小夜曲在空中回旋。是谁在唱？除了我还有谁能听到？

山外，寂静开始了；山外，有一个冰凉的北海；山外，什么也没有。总有一个夜晚，我要离开这些嚼果仁的人们，启程出发，独自一人越过特拉扎，越过山谷，越过双轮云层、熊状云层、鳄鱼云层、龙状云层，一直到山外去，去看看山外有什么。我不带挎包，不带水壶，去看看群山到底向我们索要什么。我要到洞穴去，做一个山的孩子，整天，整个夏季独自一人，生活在岩石中、太阳下，和风为伴。山不会知晓地怎样震，高楼为什么倒坍。

一阵短暂的沉寂之后,父亲突然觉得该换个话题了。

"呃,"他说,"内哈姆金先生,晚上好。艾佛莱姆,晚上好。我们不妨打赌,尽管目前夏天似乎永远不想离去,但今年的秋天一定不会迟来。夜里已经有人在会堂聚集,开始赎罪祈祷了。"

老人只是答道:"事情越来越糟了。"

此时的艾佛莱姆,突出的前额鬈发零乱,一副急于拼命的神态。他接过他父亲的话题说:"这里很快就要变了。一切都不可能恢复原状。"

接下来的政治讨论使我感到可笑。他们的见识多么肤浅。讨论渐渐变成争辩。父亲援引了由远而近的历史例证。他说,按常规之道,历史不会重复。艾佛莱姆不耐烦地说例证和常规都是无稽之谈。他打断父亲的话,激烈地坚持说他们只认通行准则而不是枯燥的细节。内哈姆金先生呵斥艾佛莱姆说:"固执己见是致命的原罪。"

"请您不要插话,收回您的致命原罪。"艾佛莱姆反驳道。

"你似乎忘了,"内哈姆金先生微笑着说,似乎喜欢儿子的睿智,"耶路撒冷是怎样被摧毁的。让我提醒你,我可敬的儿子,耶路撒冷被毁灭的原因是内讧、倾轧、嫉妒和毫无根据的仇恨。道德应当是通过自身来证明的。"

"纯属糊涂想法。"艾佛莱姆说。

他又补充道:"你也有点胡涂,科罗德尼。不谈这些了。只有一个人的看法可能是正确的,那就是您的儿子。可他也有点乖张。请原谅我这么说,科罗德尼太太。我不想冒犯您,也不会冒犯您。总之,我们该说的全都说了。"

母亲瞅准时机,建议改变话题。她对内哈姆金先生说我们都乐意听他吟诵新诗。或许只有这样,母亲才能去完成她的练习曲,父亲和艾佛莱姆也可能回到棋枰上去。母亲说,已经黄昏了,大约还有一个小时才天黑呢,我们是不是要开灯?尤里可以拿上他的新球到屋外边玩到天黑。哪有人像我们这样为政治争论不休的?我们对这些无能为力,还是安静下来好。

五

湛蓝的暮色里,小孩子们在玩"找朋友"的游戏。勃兹和亚伯纳尔朝屋外的人行道上泼了些煤油。晚霞映在煤油上,顿时爆出一道令人惊叹的彩虹,紫、橙、蓝、红、灰、绿,色彩斑斓。一天中,这个时刻最令我喜欢。约伯使出他惯用的伎俩,胡编歌谣作弄我:"尤里尤里,又蠢又爱发脾气。"要是以往,我不气才怪。但是今天,晚霞灿烂,这哥仨的妹妹阿梅坐在篱笆上嗑葵花子。"你为什么不反咬他们一口?"她笑着问。

"我不在乎。"我说。

"不在乎才怪。"她笑着说。

这时,各家各户的收音机里传来英国人的行军曲:"行进在蒂珀雷里①的道路上,征途遥远,胜利在望"。歌声飘进暮色,飘进令人入迷的五彩煤油上。我不知道哪里是蒂珀雷里,也不想理它。"大家看呐,科罗德尼老盯着阿梅。"亚伯纳尔大声嚷嚷道。

我心想,随他们说去,我才懒得理这帮缺德的家伙。不知谁在墙上用粉笔写"尤里爱上了阿梅"。不知是谁把"爱"字划掉,想改成另一个字又不敢。懦夫。

第二天傍晚茶后,正在下棋的艾佛莱姆说,今年秋天将是个关键时刻。父亲并不赞同他的说法。他认为整个世界已经吸取了教训,从现在起一切都不同了。俄国将和美国结盟,疲于奔命的英国无力和他们对抗。实践真理的时刻正在来临,我们一定能从这种变化中受益。现在要靠我们自己谨慎行事,

---

① 爱尔兰共和国南部一个郡。

果敢行动。他出人意料地补充道，艾佛莱姆无须弃兵，动车可以轻而易举地掩护兵。只要我们明白两件事：其一，我们到底需要达到什么目的；其二，我们所能动员的力量极限。他认为，只有这样我们才能获得先手，至少目前如此。他稍作停顿，好让艾佛莱姆有时间重新思考。他接着说，至于那个车，我们把它放回原来位置，然后再移到这里。这样我们就可以运动自如了。艾佛莱姆却把兵剔出棋枰，说他完全不考虑结局。怎么样，即使没有兵，我也可以轻而易举地赢棋。他不需要别人谦让。他讨厌犹豫不决。

"科罗德尼，你不必让我。你是防守方，我是进攻方。为什么突然要为我感到不安呢。你应当为自己感到不安才是。"

母亲坐在琴凳上。这一次，她没有弹琴，而是凝视着窗外逐渐变黑的群山，也可能是在观鸟。她忧郁的神情立即引起了内哈姆金先生的注意。他像独自在野外祈祷那样，用柔和的声调对母亲说："科罗德尼太太，请别取笑我们，别对我们太苛刻，毕竟是苦难使得我们夸夸其谈。当然，您可以把我们看做是一本书，从中了解我们是在枕戈待旦。您一定讨厌我们，希望赶快逃逸，免得听我们摇唇鼓舌。下不为例。您尽管坐在窗前，远眺群山。别让您的情绪影响了我们，好吗？"

母亲什么也没说。

"我们将继续等待,"内哈姆金先生继续说,"竖起耳朵静听主降临的脚步声。我求您了,别让您的情绪影响了我们。"

"没问题,内哈姆金先生。"母亲说。

过了一会儿,她补充说:"别担心,很快天就黑了。"

听到"竖起耳朵"这话,我禁不住笑着做了个鬼脸。内哈姆金先生的听力已经一天不如一天了。

"真是的,您说得太对了,"老人开口说,"天真要黑了。看来吟诵拙诗的事得往后推了。时间不早了,我得赶快走。拿上我的拐杖,打开大门。我们面临的事业多么伟大啊。"

地下室是父亲的印刷车间。墙上有一块松动的石头。在黑洞洞的深处有一只盒子。是我藏在那里的。我用丝袜包着盒子,在上面洒上搅拌着蒜泥的锯末,用来迷惑警犬。一旦艾佛莱姆分离出太空射线,我们就可以把它藏在盒子里。到时,他们无休无止的争论就将一钱不值。什么犹太人代表处,什么咨询委员会,还有恩斯特·贝文[①]、亨利·戈尼,大国什么的,统统见鬼去吧。秋天就要到来,我和艾佛莱姆要爬到

---

① 恩斯特·贝文(1881—1951),1945—1951年曾在英国工党政府任外交大臣。

屋顶上去，用一束长程射线把整个英格兰烧成灰烬。一个决定性的秋天。什么疲于奔命的英国人，什么其一其二，我才不理他们的话呢。我关心的是大山。

内哈姆金先生和父亲握握手，弯腰向母亲鞠躬，捏捏我的面颊告辞了。他穿着破旧的鞋子朝西蹒跚而去。西边，夕阳缓缓地沉没在隆美玛附近的德语区屋顶后边。内哈姆金先生拐杖上的虎头露出森森白牙，好像一夜之间原始森林从耶路撒冷冒了出来。

父亲和艾佛莱姆接着把棋下完，一个欢欣鼓舞，一个满脸羞愧。他们一同走下楼梯，到地下室把印刷机关了。

父亲一个人回来了。母亲亮了灯。她决定明天再熨衣服。晚饭很简单，只有色拉、煎蛋、酸奶、面包和橄榄。

晚饭后，父亲系上母亲的围裙洗碗。他用冷水洗盘子，我站在旁边用布把盘子擦干，母亲则把一些餐具搬走，留一些在厨台上明天早餐使用。一切都在无声中进行。然后，我们一起坐下来欣赏明信片。后来，他们叫我去洗澡，换上睡衣去睡觉，他们则到阳台上乘凉。从我的卧室可以看到修理铺的灯光和艾佛莱姆的房间。他整夜在那里调试无线电波段，收听来自星际的呼叫。与此同时，老人则在拆建他的圣殿。

假如左边的窗门关上了,那准是鲁哈玛或是离了婚的伊丝特,要不就是别的姑娘强行闯入。我最不愿意想的事情准在星际的呼啸声中发生。我不想知道,管他呢。我认为一个战士不应当沉溺于爱情之类的事情,爱应当等到胜利之后。爱会使你无意中泄密,从而回头无路。我记得有人在墙上写"尤里爱上了阿梅"的时候,我曾经问过她我们会不会结婚。当然,我补充说,只有在赶走英国人和希伯来国建立之后。

阿梅说她只会爱上一个有明确目标和为实现目标不屈不挠的男人,一个有决心而且有思想的人。

我答应为她保守秘密,防止他人乘虚而入。

我的话逗得她大笑起来。

"别慌。"她说,"你干吗抖得那么厉害?你为什么要和我分享秘密?你别臭美。"

我说我没事,干吗要惊慌呢?阿梅要我用手指数她母亲绣在俄式上衣领子上的花。

"你可不要打鬼主意。"我说。

"别臭美了。到底谁在打鬼主意?你慌什么?"她说。

我可怜阿梅,所以没有和她争辩,随她怎么说。我可怜她是因为她哥哥说从夏天起她的胸部就鼓起来了,头发也留长了。我感到伤心，因为阿梅不会停止成熟，不会回到原来的样子。没有回头路了，哪怕她使尽浑身气力也不可能恢复原状。她从来没有想过，她要变成女人了。我真可怜她。因为她没有可能变回小女孩，也不能再搭男孩子的自行车了。

这与我无关。我不愿意想阿梅成熟之类的事。我是艾佛莱姆的副手。我要到山那边去生活，在阳光下，在风中，只有我一个人，不会有令人作呕的想法，做一个倔强的人。

临睡之前，我发现阿梅的哥哥们围着花园里的篝火烤土豆，烧纸糊模拟像。我真希望是恩斯特·贝文的模拟像，这样就可以报复这个反犹的英国大臣。月亮升起来了，飞快地淌过对面屋顶上的水箱。格里尔兄弟朝土豆撒了一泡尿。他们不知道我正站在窗前望着。他们鬼鬼祟祟地把土豆分散地扔在地上，恶作剧地笑着跳着，躺在地上等候从勒美尔学校上完自修课回家的女孩子们，引她们来吃污秽的土豆。他们用手肘互相碰一下，偷偷笑起来。

即使是月夜，斯奈拉兵营围墙里的英军士兵仍在忙忙碌碌。从窗户里，我看到他们个个疲惫不堪。到蒂珀雷里的路真长啊。人们都在说下周高级专员要来检阅这里的驻军，也在传地下运动的指挥官就藏在耶路撒冷的某处策划暴动的最后准备。

我似睡非睡,隐约中听到父母亲从阳台传来的对话。父亲说:"明天或一两天后,我们要开始印贺年卡,过两天就到八月了。"①

母亲说:"你那位艾佛莱姆将来可能会触电身亡,要不就被炸死。他要不整夜工作,要不就是出去几天。我想他是在给义军制造地雷和炸弹之类的东西。尤里已经受他影响了。我担心会出麻烦。"

父亲说:"艾佛莱姆在暗恋你,或者有诸如此类的想法。"

他扑哧一笑,似乎偶然说了句脏话。

母亲严肃地回答说:"大错特错。"

但她没有说明究竟是父亲错了还是艾佛莱姆错了。

他们不说话了。父亲大概在默默地嚼薄荷叶,母亲可能在想心事。月亮已经离开我的窗户,飘到胡同那边去了,也许停在屋顶上望着晒衣绳上的衣衫出神。我关了灯,把头埋在枕头下,不想再听外边的说话。决定性的秋天就要到了。

---

① 按照希伯来历,新年大约从公历九月中下旬开始。

决定性的秋天指什么呢？艾佛莱姆又要到哪里去游历呢？我讨厌印贺年卡，简直是无聊、可耻。狗又叫了。不久又传来熟悉的喊声。在汉莫克谢公共汽车公司开车的格里尔同志回家了。他总是十点钟后才回来，大概又和平常一样叫醒他的四个宝贝，要他们在过道上排成一列，交代今天的恶作剧。勃兹他们可能挨揍了，只听到勃兹恶狠狠地诅咒他的父亲："你去死。"过了一会儿，传来像汽油桶滚动时发出的隆隆声。只听到海伦娜·格里尔发出尖叫，足以吵醒整条街的邻居。

"杀人啦！哥萨克杀人啦！救命啊！他在杀孩子啊！"

接着，又沉寂无声。

我尽责的时候到了。我得马上起来去救阿梅。

太迟了。格里尔家漆黑一团，毫无声响。哥萨克已经把这一家人杀了。一股浓浓的鲜血从台阶上流下来，很快就要流到街上。我决定彻夜不眠，竖起耳朵监听，提防外国间谍入侵；提防母亲在清晨到来之前溜出去；看艾佛莱姆会不会摸黑爬进我们的屋子；或者地下运动的那位同志会乘着夜色骑马跑来。总之，我要保持清醒直到有所发现。可惜，就在我下定决心的时候，我睡着了，在酷夏漫长的又一天行将结束的时候，我实在太累了。

六

　　夏日的酷热使后院的泥土变得像咔叽布一样坚实，枯萎的夹竹桃一片死灰，天竺葵树干满身焦黄，干枯的蓟只要点上火，准能烧起来。

　　到处堆满了垃圾。破瓦罐、锈铁筒、碎布条和破床垫，居民们从波兰和俄国托运行李来的纸箱碎片遍地都是。

　　一天上午，我下决心要把后院清理得焕然一新，重新变成花园。

　　我决定从锈迹斑斑的大门开始，先铲除格里尔兄弟涂在上面的脏话。一看到这些话就使我生气。我用湿布擦，没有用，用泥覆盖，还是没有用。我找来一只破玻璃瓶刮，没想到划破了手，鲜血粘在短裤和背心上，甚至连头发都沾上了。我只好放弃我的宏伟计划，还是等胜利之后吧。等到把英国人赶走，迎来新的纪元，我们再给整个社区规划个漂亮的花园。我撤到屋里，像电影里的英雄挂彩归来，却把母亲吓坏了。每天上午，母亲架着双腿躺在沙发上，用一条湿毛巾盖住眼睛，身边放着冰镇柠檬水和阿司匹林。尽管天气炎热，隔一段时间她都会挣扎着起来穿上蓝色便装，去熨堆积如山的衣服。不过天气实在太热了，她拄着扫把发呆，不想动弹。她倏而把窗户关得严严实实，为的是不让可怕的阳光照进来，倏而又改变主意，把窗户砰砰打开，因为她感到窒息。她冲进厨房和卫生间，打开所有的水龙头，让整个屋子充满流水的声音。如果我跟进来偷偷地把水关上，她就歇斯底里，要我别动，因为流水声会使她好受一些。她要我们所有的人都不要去折磨她。有时候她急匆匆地跑过来，就对着我们骂一句"野蛮人"。

不久，她恢复了常态，主动把水龙头关上。她一边嘲笑酷热，一边补上淡妆，然后穿上低胸衬衫和白色休闲裤。这时候的她在我心里又成了电影里的淑女，像伊斯特·威廉斯和伊冯·德卡罗那样使英雄们一见钟情的美丽姑娘。

一天上午，艾佛莱姆来给她装了一盏特别的床头灯，既可以集中光线，又可以发出暗蓝色星光。母亲既惧黑，也讨厌光。

午饭时分，父亲从印刷车间出来，鼻子四处闻了闻，气冲冲地说："今天上午谁来过？那是什么气味？"

母亲笑了起来，说是艾佛莱姆，他来和她下棋。有什么问题吗？再说他还给我装了一盏神奇的床头灯呢。

"又是艾佛莱姆。"父亲轻声说,脸上一展"校长式的微笑"。

几天前,母亲曾经要艾佛莱姆带她到他的修理铺去见识炸弹是怎样装药的。艾佛莱姆尴尬地回绝了母亲的请求,搜肠刮肚地说了一些表示友谊的话,说等以后吧。母亲放声大笑,说他是个江湖骗子。

我不明白什么叫江湖骗子,就向父亲请教。父亲说"江湖骗子"是一种人身攻击,不能用来说艾佛莱姆这样直率的年轻人。

母亲想了想,收回了她说过的话,说"江湖骗子"的确不能用在艾佛莱姆身上,并且求父亲不要再说了。她说,难道你不知道我一到夏天就头疼吗?你为什么要整天找茬折磨我?

我来到修理铺,只看到地上有旧报纸,到处是灰尘。没有哗哗声,没有频率,静悄悄的。艾佛莱姆又出去游历了。老人在屋里用火柴蘸面糊搭建他的圣殿。他忽然抓起一把镊子,把圣殿逐层拆卸,只因为觉得有什么地方与资料提供的证据不符。

格里尔家的三个宝贝儿子到特拉扎树林寻找豹子去了。几天前,他们在那里偶然发现了豹子的足印,可能是夜里从朱迪亚荒漠沟壑中出来捕食留下的。白天，豹子可能藏在树林的洞穴里。其实，可能根本就不是豹子，而是鬣狗，阿拉伯语叫达巴。假如达巴发现你晚上一个人出来，会在路上截住你，像刺猬那样拱起身体向你发动攻击，吓得你发疯，惊惶失措地朝相反的方向逃窜，逃进深山，逃进荒原，直到你气绝身亡，然后跑过来把你撕成碎片。

"阿梅，"我说，"我有一个秘密，但我不告诉你。"

"别装了。你根本就没有秘密。你只是像别的男孩子那样想来亲近我。"

"不，才不呢。我是指别的事。"

"如果是别的事，那你为什么要发抖？别慌啊，小崽子。有什么事使你发抖？"

"只要我愿意，我可以杀了高级专员。我动一下就能够摧毁整个英国。"

"是啊，我还能变成一只蝙蝠，变成秀兰·邓波儿呢。"

"你想知道我的秘密吗？只有一个条件让我亲你一下在额上亲一下我就和你说很长时间。"我一口气把话说完。

"我能够像男孩子一样站着撒尿。但我不让你看。"

"阿梅，听我说，我发誓我不是只想亲你，你别把我想成那种人，我不是。我不一样，我发誓。就让我说一会儿好吗？给我一次解释的机会。"

"你没有什么不同，"阿梅伤心地说，"和别的男孩子一样。看看你那样子，抖得就像树叶一样。你是个男孩子，科罗德尼，和别的男孩子一样。你想的和他们一样，只是你不敢说出来。看，你脸上都长痘了。干吗要跑？是我说得你害臊了吧？神经病。"

我只想到山外去，就自己一个人。

几天后，艾佛莱姆回来了。他晒黑了，孤僻了，一如既往地满脸愤世嫉俗的神情，像是游历中所见到的一切使他感到绝望。内哈姆金先生和我照常在园子里站岗，为的是让艾佛莱姆至少可以休息一两天。每隔一个小时，我们在破篱笆和大门口巡逻一次。我们偶尔也会突击一下胡同。我们真还碰上了在勒美尔女子学校教手工的那个离了婚的伊丝特，设法把她赶走了。

我们告诉她艾佛莱姆在很远的地方。她信了，说了声对不起，明天再来。

"你不要轻飘飘地说'明天'，"内哈姆金先生用他带磁性的嗓音责备她说，"我们不可能知道明天会发生什么事，尤其像现在这种时候。"

我硬邦邦地补充道:"他不见客。他自己的事都做不完。"

但是,我们没有成功地拦住斯格帕斯山那个没嘴唇的学生鲁哈玛。在最热的那个下午,所有的窗户都关得严严实实,街上不见人影,整个城市笼罩在沙漠吹来的热风中。我发现她在满地松针的石阶上铺开蓝头帕坐着。她头上尽是灰尘,双手扒拉着一段铜线翻手花,似乎在以此消磨时间。她好像不在乎酷热,或者她自己就是热源。

"喂,"我说,"我是他的副手。他现在不见客。"

"你不就是邻居的小男孩吗?又在玩花样啦。你不为自己感到害臊吗?"鲁哈玛恼怒地说。

"你没有理由在这里等他,不管你是谁。他永远也不会和你们任何一个人结婚的。最好忘了他。他不需要你们。"

"你还小,"她讥笑我说,"你什么也不懂。他需要,想极了。每个人都需要。如果你愿意,你可以在这里坐一会儿。你很快就长大了,到时你也需要,不想都不成。到时你就不是现在的小英雄了。你盯着我的膝盖干吗?你想要我刮你一巴掌?"

鲁哈玛提高嗓门嚷嚷,嗓子里像堵着一口气,威胁要刮我一巴掌。我开始浑身打战,眼泪都要流出来了。我拔起腿就跑，任由双腿把我带到前院耀眼的阳光下。格里尔兄弟站在蓟丛里，大汗淋漓地往桑树上吊一只小猫。我远远地向他们扔石头。他们逮住我一顿猛揍，小猫倒是趁乱在沥青桶之间逃之夭夭。我也躲在沥青桶后面，不让他们看到我哭。我发现内哈姆金先生拖拉着老腿尾随鲁哈玛出了大门，走进胡同，好像在安慰她。我听不到他在说什么，只是感觉到他的温柔和同情心使姑娘平静下来，离开了社区。

她一走，我就站了起来。

"会发生什么事吗，内哈姆金先生？"

"我们还要忍受苦难，继续等待，尤里。我为我们大家感到悲哀。我们都长着双眼，却看不清事物。我们貌似无畏，实则内心充满苦恼。孩子，从现在起，我们要加大力度站岗。你和我，诗人和年轻人将要担负坚守堡垒，保卫真理的重任。不要哭，年轻的尤里，在多年的流离中我们已经流尽眼泪啦。"

艾佛莱姆一直睡到傍晚才醒来。他把头埋在水龙头下冲洗，然后用湿漉漉的手点燃一支烟，头还滴着水就默默地开始工作。大约在一个多小时里，他一句话都没有说。我穿着短裤和印着"青年马卡比"的T恤衫，双手抱膝坐着看他拆装有许多旋钮、开关和按键的十分复杂的配电盘。他一声不吭，我也不敢打搅他，连母亲在阳台那边喊我回去吃饭都没理。他抬起头，看到我还没走，感到愕然："你还在这里呀？"

我冲他一笑，真希望能够好好地帮他一把，也希望再呆一会儿，博他欢心。我不敢告诉他在他睡觉那会儿我们为他站岗，把伊丝特和鲁哈玛从这里赶走了。一想到我和鲁哈玛发生冲突和几乎大哭一场的事，我就觉得害臊。

"不管怎么说，我们已经有进展了。"

"可是，我们什么时候发动呢？"我问他。

他站起来，弯下腰，用手使劲摸着我的头，嘴唇在我前额和脸颊上碰了碰。他几乎可以看见我掉的一颗门牙（也许新牙快长出来了）。

"要有耐心，尤里。时机一到，火就会点燃，一旦点燃马上就会在全国燃烧。不管怎么说，我们已经有进展了。"

七

星期五下午五点半，炙热的阳光开始减弱，胡同里亮起了昏暗的灯光。宵禁开始了，挨家挨户的搜查也开始了。

这是郁闷无比的安息日前夜，缓缓吹来的微风搅得树叶飒飒作响。老诗人一直想在诗中对此加以诠释：锡与石不和谐的结合，缓缓移动的群山从四周逼近，还有安息日的气息。然而，宁静统统被残忍地粉碎了。警车的高音喇叭划破了街道的宁静，刺耳的声音用希伯来语和英语向平民百姓发出警告，搜索将通宵进行，所有的人不准外出，连走到阳台上也不准；所有的人必须遵守命令，不准囤积物品，只准合作；所有被发现在户外的人都会有生命危险。特此警告。

警车刺耳的声音渐渐消失在另一条街上。海伦娜·格里尔立即冲上阳台，企图召回她的几个宝贝儿子。她手足无措地站在仙人掌和文竹盆之间，用意地绪语诅咒孩子和丈夫。当她看到我穿过院子的时候，她在我背后大声喊："白痴！"

邻居们纷纷拥向重新开店的杂货铺抢购鸡蛋、牛奶、罐头和面包。人们担心宵禁还要持续几天，各种谣传不断出现。

这种情况绝不是只有一次。那时，当局经常采取突然行动，分区挨家挨户搜查地下运动分子和非法武器。

父亲正在厨房里一丝不苟地切洋葱。当他听到海伦娜的叫喊，他解下母亲的围裙小心折叠好放在一边，然后用手背揉揉眼角，急匆匆地冲出厨房，来到院子，从花园废弃的棚子里将格里尔兄弟一个个拽出来，把他们护送回家。他又到地下室的印刷车间里待了一会儿，然后带着一股洋葱和印油味回来了。他洗净手脸，开始嚼薄荷叶。洋葱味儿刺得他的眼睛一直流泪。他对母亲和我说没事了，用不着担心，他们就是把机器彻底拆散，也找不到任何东西。

"你这么有把握？"母亲问。父亲问她，你这是问我，表扬我还是埋怨我？

"难说。"母亲回答说。

父亲不失文雅地反唇相讥："那是当然。"

父亲说得太对了，我们没什么可担心的。他们永远也找不到颠覆性传单。艾佛莱姆起草了那些传单，再由内哈姆金先生改写成警句，最后由父亲和两个助手印在黄纸上。他们也不会找到我藏在墙洞里的盒子。我用丝袜把它包好，撒上一层混有蒜泥的锯末，使警犬无法闻出来。

他们注定要失败，虽然我们只是正义的少数，他们却是暴君。

傍晚六点，整个社区戒严了，街上一个人影也没有。装甲车从三个方向朝我们这边集结，目中无人地开过来，横在路上，两只轮子压在人行道上；机关枪连成一排对准我们的窗户和屋顶，黄铜弹链闪闪发光。我还看到一门钢炮架在则法尼亚街半道上对准隐约可见的山地，好像地下运动的队伍就要冲向耶路撒冷。

从斯奈拉兵营开来四辆运兵车。我从起居室的窗里看到士兵们从车上跳下来，沿着花园围墙交叉包抄过来。每个士兵都打着绑腿，手里握着半自动步枪，还随身装备了带黑色刀鞘的突击刀、军用挂包、水壶和子弹袋。尽管他们全副武装，但一点也不像电影里的战士。把我们晒成古铜色的朱迪亚阳光并没有照顾好他们，他们个个显得面黄肌瘦。

站在我家门口的士兵虽然全副武装，可我觉得他和英巴银行摄政街支行的那个害羞的年经出纳没有什么两样。他胆怯地笑着将衬衫塞进短裤，不停地抠鼻子。很显然，他不知道有人在窥视他。

我为他感到害臊，也为不得不藏匿的地下运动义军感到不安。我为母亲和感染夏季伤风卧床不起的内哈姆金先生感到不安。我担心艾佛莱姆（宣布宵禁之时，他就外出游历了，可能是在鬣狗出没的某个没有人烟的地方等候命运的安排）。我还担心海伦娜·格里尔，虽然她毫无理由地骂我白痴。放眼望去，到处一片肃杀。难民们已经从我们国家沿岸赶往桑给巴尔和毛里求斯的荒岛；嗜血成性的匪帮在农村上蹿下跳。

耶路撒冷和应许的土地①曾经是莎伦玫瑰和山谷百合开花的地方，人们在这里寻得宁静与和平。然而，几千年的历史进程好像产生了错位，这里似乎已经不是耶路撒冷和上帝应许的土地，而是地球的另一个地方。希伯来国或许早已经在那里诞生，而只有我们被遗忘在这群山之中。我曾经想过宽恕所有以色列的敌人，宽恕他们所造成的一切。马加比家族毕竟不会复活，狮子吞噬了巴尔·库克巴，哈斯蒙王朝的大祭司②也已经被大象吃掉，约瑟·特林佩尔多早被绿林大盗杀害了。够了，鲁哈玛还能束手无策地在修理铺门前的石阶上顶着太阳坐多久？我们又还有时间赶她走吗？

我不想把这些想法留在我的脑子里。我记得教室的墙上挂着一条《圣经》格言："凡与我作对者和敌人不得入我城门"。可是现在敌人就在我们中间，我们却无能为力。我记得自己曾在会堂墙上用红漆写过这样的话："不自由毋宁死"。因此，我不能轻易缴械投降。让他们来吧，让他们搜吧，我们要经受考验，继续战斗到最后一口气，因为我们已经没有退路。

---

① 即古迦南，包括现代以色列及约旦一带，上帝把它许诺给亚伯拉罕及其子孙。
② 即以利亚撒，《圣经》人物，亚伦之子和继承人，以色列的大祭司。

用英语发出的命令接连不断,军队已经入侵花园。清凉的晚风禁不住折腾,无奈地倒灌而出,连狗也噤若寒蝉。花园里传来军官的呵斥声,可能是某个士兵因过失遭到申饬。身材粗短、两肩低垂、睡眼惺忪的连长出现在胡同尽头。他挥舞着短杖,似乎要兵分几路,后来又好像改变了主意,继续整队前进。我在心里暗暗劝诫这位连长,《圣经》早已证明,犹太人一直在遭受极不公正的苦难,希望他意识到这是一种罪过。他们已经是各个大陆和许多岛屿的统治者,而我们只有这片小小的土地。当然,我们不会屈服。那些日子里,传言地下运动指挥官、激进派领袖(我暗地里称他为以色列王)就藏在耶路撒冷或在耶路撒冷附近。其实,我们对这位指挥官知之甚少。

各种传言一直不断。

有一次,艾佛莱姆刚刚外出回来,他屈尊向我们暗示,指挥官可以通过某种神秘的科学手段随意隐身。在汉莫克谢公共汽车公司开车的格里尔同志曾经信誓旦旦地对婆姨们说,有一次,在南耶路撒冷郊外阿尔诺纳郊区和拉马特·拉哈尔基布兹之间的地方,他的汽车抛锚了。正好是伯利恒敲响午夜钟声的一刹那,只见圆月中一位骑着骏马的独行侠腾空而起，他忽然勒住缰绳，朝恶意山和锡安山外飞驰而去。他呼唤着格里尔同志的名字说："泽乌伦，不要害怕，今晚你并不孤单，夜幕中到处都是我们的战士。"

有人说，地下运动指挥官是个犹太将军，曾经当过苏联元帅朱可夫的副手，在一九四四年罗斯托夫战役中指挥坦克部队成功反击过纳粹军队。后来，他经高加索和黎凡特①非法潜入巴勒斯坦组建了希伯来影子部队。

谁也无法说服内哈姆金先生放弃他的固执想法。他说，在朱迪亚沙漠的峡谷中，有个超人整整藏匿了七年。他具有洞察未来的神力，在石谷里以放牧山羊和骆驼为掩护。他身披沙漠黑袍，宛如一个部落酋长。他从贝都因儿童中挑选出最不引人注目的赤脚顽童充当他的传令兵，把战斗命令传到耶路撒冷。内哈姆金先生说，英国人对这个超人束手无策。只等那一天到来，他就会在耶路撒冷加冕，成为犹太王。内哈姆金先生特别为他写了不少诗，包括组诗《苏醒的睡狮》《战争与未来之歌》《天国使者的赞歌》和一首题为《冷酷与怜悯》的挽歌。

---

① 泛指地中海东部地区。

父亲对格里尔同志的故事和内哈姆金先生的诗歌像对待母亲的演奏一样一律洗耳恭听，却又提出要具体分析。谁知道？可能是真，也可能有假。在没有事实根据的情况下，我们只能姑妄听之。他自己则认为，根本不会有什么指挥官，旧时代已经过去，被历史埋葬了。传说中的指挥官可能是由五六个聪明的犹太人组成的某种委员会或者小机构，也不一定都是年轻人。他们四处分布，以不起眼的职业作掩护，如商人、教师、药剂师之类，在暗中指挥地下运动。父亲说，谁都有可能是其中一员，我们无法辨别。邻居格里尔同志关于骑士、汽车抛锚、月光之类的动人故事不一定完全是无稽之谈，也可能是充满高度智慧的烟幕。总而言之，效果说明一切。英国人为此在巴勒斯坦到处翻箱倒柜。几乎每一天晚上，我们的窗户都震得嘎嘎作响。英军当局的所有要害部门包括贝文格勒、斯奈拉、阿伦比兵营、俄国大楼、大卫王酒店以及马米拉路的秘密警察总部彻夜灯火通明。他们像热锅上的蚂蚁跟着传言团团转，也不知道高级专员还能不能高枕无忧。他认为，当务之急应该是既维持希伯来激情，又保持犹太人的理智，千万不要脱离实际，避免操之过急。

听到父亲的高谈阔论，母亲对我发话了："你父亲除了印贺卡，还应当去做政府部长。"

诗人内哈姆金先生补充说:"科罗德尼太太,道理归道理,您似乎也不太赞成我们的想法。对不起,这只是通过我们可怜的嘴说说而已。毕竟,我们只能有良好的愿望。您真的对我们这么苛刻吗?"

他们别想从我嘴里得到什么,哪怕把我抓进俄国大楼的审问室,哪怕用烟头炙我也不行(格里尔兄弟曾经这样对付过维希尼亚克太太的鹦鹉),哪怕把我的指甲一片一片拔掉我也不会说。我将守口如瓶,艾佛莱姆的副手(至少是其中一个)应当是好样的。前天,我在修理铺整整待了三个钟头,按照"吉斯切拉的约翰"行动计划在耶路撒冷地图上标行动路线和箭头。我感到自豪,自豪得手都发抖了。和以前一样,艾佛莱姆只是非常笼统地点拨我:"永远从侧翼进攻,永远从森林、山谷和最意想不到的地方发起进攻。"

他一声不响地检查我的计划,笑着做一些小修正,这里加一点,那里减一点,嘴里喃喃地说"真是奇妙的解决方案",也遗憾地给我指出一些草率之处。他突然抱起我,不停地揉我的头,撞我的肩膀,对住我直呼气。转眼间又把我推开。

夜里,每当我从梦中惊醒,父亲和母亲就起床给我冲一杯热可可奶,坐在我床前说:"乖乖,没事的。"直到我静下来。他们认为我受惊的原因是过早地阅读了《巴斯克维尔的猎犬》,还怀疑是受到格里尔家那几个恶棍的作弄。我默不作声,因为我发誓要守口如瓶。

八

晚霞失去了光辉,只有对面窗户上反射出一缕残阳如血,胡同渐渐隐在阴影之中。在客厅的窗前,母亲斜靠在父亲的肩上,我站在他俩之间,就像摆好姿势让照相师科瓦克斯先生拍生日全家福。我们朝外看,静静地等待着,默默无言。屋子外边,第六空降团分兵几路,开始入屋搜查。不知什么地方,反正很远很远,传来一声枪响。斯奈拉的大钟响了七下。我知道这个钟从来都靠不住,因为它的指针永远停留在三时零三分。屋对面玻璃窗上的血色阳光也消失了。天黑了,但还有点灰蒙蒙的。远处好像有火光,我们没有看见,只有格里尔兄弟点燃的篝火余烬在冒烟。

黑暗降临石屋、废园和铁锈围栏的阳台,在包围坍塌的篱笆和蓟丛,在遮住狗的狂吠,在吞噬整个地球。不仅仅这一晚,而是永远。黑暗中,母亲打破了沉默:"这一次他们不是搜查传单,也不是搜查枪械和炸药,而是在找他。"

父亲说:"别着急,如果他们抓到了,会有人取代他的。"

母亲说:"他们永远也抓不到他。"

我说:"线人可能会出卖他。"

"线人不可能将他出卖,尤里,"母亲说,"因为他不在这里。我是说他不在任何地方,根本就不存在。他是犹太人代表处、阿拉伯人和我们这些人杜撰出来的。英国人用他们特有的英式狂想虚构出这个人物。他们现在举着汤姆枪到处追踪,入屋翻箱倒柜,把整个国家都翻了个个儿。但是他们连他的影子都抓不到,因为他像一曲音乐一样无法用手触摸。他是英国人的梦魇,也是所有人的梦魇。由他们搜去吧!"她突然歇斯底里地笑起来。"由他们搜去吧,直到猛然醒悟。你俩为什么不回答我的话?你们都给我静静地呆在这里,我去和他们交涉。你们去不行,他们会对你们吼'你们这些野蛮人,该死的犹太人'。请进,长官,进来履行您的职责。冰柜里有柠檬汁。您随便用吧。喝完再动手不迟。真是好天气。"

士兵们进来了,怯生生地站在过道上和衣架旁边(现在还是夏天,上面只挂父亲的帽子、丝围脖和菜篮子)。连长向母亲回了个礼,彬彬有礼地抱歉说,在执行公务时不能喝她的果汁。突然间,他想起在女士面前应当摘下帽子。他请母亲允许他到房间里看一眼，当然，会尽快查完的。真对不起。

母亲是我们的代言人，用不着我们插嘴。她说："请吧。"她笑了。

三个穿着咔叽短裤、脚上套着军用袜子的干瘦的年轻士兵紧靠门口站着。他们不安的神情似乎表明，哪怕有一点小小的暗示说这里用不着他们了，他们就会立即离开。连长也在掩饰内心的不安。他在营造一种气氛，好像我们是一群在破旧的电梯里不期而遇的绅士淑女。即使叫父亲举起手贴在墙上的时候，他也礼貌地请母亲抱着孩子坐在扶手椅上。这位和善的连长主动但不切实际的建议似乎是要把不愉快降到最低程度，让当事人感到他们受到应有的尊重，好像他在帮助我们逃出危险的电梯，哪怕是采取强迫的方式。

但是，他的手并没有离开剑鞘。他没有忘记，最近巴勒斯坦接连发生的令人难以置信的严重事件都是发生在意想不到的时刻，在很体面的地方。

士兵们一个书架挨着一个书架仔细检查，小心地将《比亚力克诗全集》和《文学精选》移到一边，看后边有没有藏东西。他们打开琴盖，在琴弦之间嗅来嗅去；摘下拓荒者犁田的画，用手敲打墙壁，细听发出的声音。肖邦的胸像也被举起来，然后又被恭恭敬敬地摆回去。连长说了声对不起，希望母亲能够满足他的好奇心，他想知道这是谁的胸像，上面写的话是什么意思。母亲为他翻译："谨献上我一颗炽热的心，直到我停止呼吸。"

"真的很对不起。"连长诚惶诚恐地说，像是无意中冲撞了某种宗教仪式或者猥亵了一个圣物。

他们有条不紊地搜查抽屉，检查床底，用枪托轻轻敲击墙壁，仔细听回音。整个过程中，我和母亲坐在扶手椅里，眼睛尽量避开举着双手贴墙站立的父亲。我不禁想起审问中折磨站立疑犯的基本规则。这是艾佛莱姆告诉我的，也许是他自己发明的。

但是这里不是审问。

连长礼貌地要求父亲带他们去看看他的印刷车间。据他们掌握的情报，机器就在地下室里。

搜查结束了。由于他们不认得希伯来文，只好从中捡出一些纸样带回去审查。其中有包无酵面饼的商标纸、迪斯金孤儿院的申诉表、发票和票根以及面向勤俭持家的妇女们发行的简报。连长认为够了。他就所引起的不愉快向我们表示道歉，希望情况很快好转。一个士兵叫我"童子军"，另一个士兵打了个嗝，引来连长谴责的眼光。

他们终于走了。

胡同已经黑了，只有孤零零的路灯在风中摇曳，照在柏油路上。简直是浪费能源，因为搜查过后仍然维持宵禁，除了野狗，街上连鬼影也没有。我们这里没有人把狗当宠物，它们都住在垃圾桶里，没有人赶它们，也没有人逮它们，任由它们自生自灭。

父亲说："我们得承认，他们的举止十分得当。"

母亲说："拍马屁，令人作呕。"

"你还想怎么样，"父亲显得十分愉快，"这正是他们的行事方式，软中带硬。"

"别说他们了，你俩都别再说了。别和我顶嘴，我受够了。"

空洞洞的胡同里，垂涎的野狗冲着月亮号叫起来。

父亲说："过来，尤里。看来今晚你和我得去弄晚饭了。你妈不舒服。"

九

星期六晚上，宵禁解除了。

根据传言，搜查集中在最南郊的巴以特-维甘、梅克-哈伊姆、阿尔诺纳和塔尔皮约特。

父亲认为，艾佛莱姆关于地下运动指挥官运用科学手段隐身之类的说法纯属虚构，比较能说服人的应当是他尾随搜索者潜入刚刚搜索过的社区。父亲觉得，如果这还不是最有说服力的话，至少是符合逻辑的。

母亲说："这就是说他现在在我们这一带。"

"假如你这么想的话。"父亲微笑着说。

"现在是星期六晚上，"母亲没理会他的微笑，"如果你不再喋喋不休地说废话，我们就可以听到远处教堂的钟声。它一定在向人们发出呼唤，在夜间向人们发出呼唤，像鸟叽叽喳喳一样，是要引起注意。人们在耶路撒冷山顶上建教堂是为了向远处传递信息。他们什么时候会呼唤我们呢？也许已经呼唤过了，我们却在忙于说话而错过了。我们为什么不能安静片刻？科罗德尼，放开我的手，让我一个人待着，干吗老缠着我？"

"安静一下好吗？"父亲求她。

他想了想后又说："我们已经很长时间没有出去转一转了。去看电影吧，或者像文明人一样坐在咖啡厅？毕竟，日子还得过啊。"

星期天一大早，母亲抱起一盆洗好的衣服朝花园走去。

我悄悄地跟在后面，没让她发现。天灰蒙蒙的，布满了云，像是秋天已经到来。但是，我知道现在还不是秋天，这样的早晨实际上是大热天的征兆。我注意到母亲孤零零地站在雾中，身体不由自主地打战。昏暗的晨曦给岩石、树和沥青路抹上一层飘浮不定的光影，像是河在流动，雾中的房屋如堤岸一般。堤岸之间所有的东西，包括人行道上的垃圾桶都在随波逐流。我好像闻到鱼的腥味，其实是夹竹桃的气味，隐隐约约还有一种浓烈但很好闻的味道。其实没有河，那是早上的雾气，晨曦的涟漪。附近有一只不愿离去的杜鹃，单调短促的叫声一刻也没有停止过，像是无法使自己安静下来。鸽子笼里有三只懒惰的鸽子在咕咕地互相交流，一点也不理会杜鹃的干扰。

晃动的树影下，母亲赤脚踩着厚厚的松针，伸开双手把床单晾在晒衣绳上。我急忙跑过去，不留神撞在她的背上。我向她坦白了阿梅的事和"吉斯查拉的约翰计划"。很远的地方，收音机在播放早间音乐。我母亲很会唱歌，但此刻她没有唱。杂货铺、果菜店和理发铺卷起铁闸开门做生意了，只有药剂师维希尼亚克太太像过去一样还没有起床。果菜店老板把一箱箱苹果、洋葱、茄子和南瓜摆在人行道上，惹来嗡嗡的黄蜂。杂货铺的玻璃橱里摆着糖果罐，各种糖果两分钱一块。诱蝇纸上粘着几只死苍蝇。两间店铺之间有一棵橄榄树。树上，一只粘着花粉的萤火虫在树枝上慢慢地爬。从远处看，好像是橄榄树自己不小心点着了火。婆姨们在阳台上抖动床单，抖掉昨晚睡觉留下的气味。这欢愉酸涩的味儿在则法尼亚街到处漂浮，使人联想到夜晚邻居主妇们在被子下的事。

深深的窗台上摆放着种着云竹的旧罐头，还放着一只封住的瓦罐。淡绿色液体里泡着黄瓜、杨梅叶、芹菜和蒜头。我心想，希伯来国一旦成立，我们都会早早起床，到山谷和开阔的田野去，整个夏天在守园人的房子里小住。白天，我们骑上自己的马在山泉和溪流之间奔驰，在草原上放牧牛羊，把耶路撒冷的命运留给信神的人去把握。

艾佛莱姆借给我一把折叠刀，我用它在松树干上刻军舰，幻想着书架上的舰船编队又增加了一艘静候伟大时刻到来的护卫舰。

松针堆里冒出一丛焦黄的野玉米，好像要与干蓟争地盘。花园四处尽是破玻璃瓶子、烂报纸和发黑的纸板。我在纸板下面发现一只缩头乌龟，等了半天都不见它把头伸出来。实在等得不耐烦了，我就把它捡起来，才知道不过是一只乌龟壳，乌龟可能早就死了，或者是一怒之下弃家出走了。

不久，我对舰队厌烦了，就把护卫舰划成两半，转而在锈铁筒上刻自己的名字，弄得罐头吱吱作响。母亲把洗衣盆撑在屁股上，满脸不高兴地要我别一大清早就惹她生气。

"我在工作。"我说。

"人家说得没错，你真是个疯孩子，快把我逼疯了。"

"您是自作自受，科罗德尼太太。"我像父亲一样彬彬有礼地说。

我又在心里对自己说，必须控制脾气，不要卷入无谓的争斗。我们掌握着主动权，而他们很快就会垮掉的。

"我要去歇了，"母亲说，"热得受不了啦。如果有人来，就说我不在家。"

早饭后，我在窗台上策划进攻柏林的最后战役。希伯来、俄国和美国的装甲部队前锋从森林和湖泊插入城里，迅猛地袭击纳粹的残余部队。他们的防线冲破了，纳粹大楼遭到了猛烈的炮火。还有九天暑假就要结束，我该上五年级了。到那时，敌人一定会被消灭，胡子拉碴的恶魔一定会无条件投降。

海伦娜·格里尔在对面阳台上收栏杆上的被褥。她的睡袍没有扣好，睡衣里露出结实的乳房。格里尔兄弟可能又到特拉扎树林去视察宵禁前狡诈地布下的陷阱，看豹子有没有上当。格里尔同志开着绿色的八路长途汽车朝梅克·哈伊姆去了。他要沿着停车点等乘客，提醒他们从后门上车。他车上有一把轧票剪和一排闪闪发光的排管。他不时提醒乘客从管上方塞硬币，然后在管底部用指尖取回零钱。我很喜欢车上的票箱和闪亮的排管。假如阿梅答应胜利后和我结婚，我会同意她把手指伸进我的短裤摸我，但有一个条件，就是让我玩她父亲的排管，把各种硬币从上面塞进去，然后从底下再取出来，用轧票剪在车票上打孔。海伦娜还站在阳台上给长在锈橄榄油桶里的天竺葵浇水。水箱里的水在阳光下闪闪发亮。她在用波兰语轻声唱歌，歌声里充满了渴望和哀伤。

这时，父亲的两个助手亚伯拉夏和里连布鲁姆来了。他们手里拿着早报。我宣布柏林郊外暂时休战，跑过去阅读早报的头条新闻。报上说，英军的搜查扩大到全国。在一个基布兹，因为英军要没收拓荒者的防卫武器而发生激烈对抗，导致流血事件。冲突造成一死一伤，许多人被抓进了拘留营。

父亲给亚伯拉夏冲了一杯黑咖啡，又给里连布鲁姆冲了一杯牛奶咖啡。他打开报纸，仔细阅读讣告栏，一边读一边叹气。他摘下眼镜,突然把账本和剩饭拨到一边,扶起一只就要倒下的酸奶瓶,站起来要他们立即开工,说已经快八点半了。

他补充说,除非还有人要继续喝咖啡。

我随他们来到地下室的印刷车间。宵禁之前父亲已经把颠覆性传单放进一只密封的罐子里,藏进印油里。我想亲眼看一看他们是怎样把这只潜水艇浮出水面,又会将它转移到什么地方去。但父亲改变了主意,决定把它留在原来的地方,这样更安全。他开动了机器,但立即又把它关了。他仔细检查轴承和滚筒,朝轴承滴了些机油,再次开机。开机后,他回到编辑台上。

"林达完了,"亚伯拉夏突然又开始了中断的谈话,"也是最好的结局。"

"什么?请再说一遍。"父亲说,脸上一定又露出"校长式的微笑"。

"她完了。她缠上了巴克莱银行哈米多夫的儿子,下周末就要到巴黎去了。不举行婚礼。"

"这不是件坏事啊,"父亲对他说,"你对她好过头了吧?"

里连布鲁姆突然发出沉闷的吼叫:"去他们的,英国人、法国人和女人都是一堆狗屎。应该把他们都赶走,统统赶走,还有那个魏茨曼博士。"

亚伯拉夏是个白化病者，没有眼睫毛，皮肤和头发像纸一样白得可怕，一贯沉默寡言。他在开切纸机。我暗地里给这台机器起了个名字叫断头台。只要高级专员遭到绑架，他们会把他带到这个地下室，艾佛莱姆会在这里无情地宣判他死刑，眼睛一眨不眨地就把他送上断头台。我们不能怜悯以色列的敌人，更不用说像魏茨曼博士那样起诉他们。亚伯拉夏在给传单切边的时候，嘴角露出害羞和无意识的微笑。我把切下的纸边塞进我的背心里。

里连布鲁姆是个正统犹太教徒，他在用钢镊子拣字粒。他的眼镜框也是钢的。他老用意第绪语叫我"小鬼"，声音洪亮甜蜜地说："一个意第绪小伙子有个异教同伴。参与大屠杀的人有金色灵魂。"

他不一定在对我说话，也许是自言自语，或者还没有从今早令人恶心的新闻中恢复过来。

"巴克莱银行，女人，"他嘟哝着，"呸，狗屎！"

他边说边向院子走去。晨雾已经散了，树叶上的露水也干了。如我预测的那样，空气开始变得酷热难忍。格里尔兄弟还没有结束猎豹行动。他们嘲弄我的时候，总是到处嚷嚷胡编的歌谣："尤里尤里，又蠢又爱发脾气"或者"尤里要来玩，赶快吓跑他"。他们还下流地造谣，说艾佛莱姆勾引我母亲。他们用黄漆在破门上写"风（疯）子青圭（蛙）操尤里他妈"。

脏话下边，我还发现几个我一时弄不明白意思的字："还有尤里"。我怒气冲冲地用指甲拼命刮它。

九点半了。从安琪儿-巴克利开来一辆面包车。我看到汽车拐进胡同。不知为什么，汽车在我家门口停下来了。我不再刮字，停下来看到底发生了什么事。天真热，发狂的黄蜂纷纷飞到滴水的水龙头下，一只灰蝴蝶在蓟丛中乱撞，空气中充满了灰尘的气味。理发师的儿子扎奇从驾驶室跳下来，在胡同上下迅速扫了一眼，然后从汽车后门拖出一个面包篮。篮里装着的东西令我大吃一惊。原来是个大活人，一个穿着黑袍的瘦小绅士。他手里抓着一个药箱。我不明白他们为什么请来一个医生，可能是母亲又头晕了，也可能是海伦娜-格里尔发羊痫风了。可医生是不会坐理发店的汽车来的呀。扎奇和医生从我身边急匆匆走过，直奔地下室。我突然认出那不是医生，而是大卫王街里维拉时装店的老板斯泽祖帕克先生。我记得母亲曾经带我去那里挑选夏季服装。母亲没有挑到合适的衣服，留下洗照片的定金后又到另一家服装店去了。斯泽祖帕克先生没有生气，他请母亲过了节再来光顾。他说秋天会进一批新货。

穿着蓝色罩衫的艾佛莱姆不知从什么地方钻了出来,对扎奇和斯泽祖帕克先生打了个手势,一句话也没有说,把他们领进了地下室的印刷车间。扎奇转身溜了出去,向屋顶和阳台扫了一眼,觉得外边没有什么动静,就跳上驾驶室,掉转车头离开了胡同。灰尘中飘着一股油烟味。转瞬间,胡同恢复了平静,只有灰尘和围住水龙头发疯的黄蜂。

"滚,立即从这里滚出去!"父亲毫无商量地命令我。

我几乎没有听过他用这种口气对我说话。

我立即服从,转身离开印刷车间。可我还是来得及看一眼,发现那不是斯泽祖帕克先生,只是样子像他,但长得老一些,有点憔悴,可能是他的哥哥。我看见艾佛莱姆和来人消失在堆满纸卷的窄巷。我吓得浑身打战。即使他们杀了我,即使他们把我的指甲挨个拔掉,即使他们杀了阿梅,我也决不会说出来。

十

中午时分,格里尔兄弟狩猎归来。我暗暗庆幸,聪明的豹子没有上他们的当。但是他们也不是空手而归,这使我有点不高兴。他们带回来一纸箱铜弹壳。没关系,我不眼红他们。他们根本不知道，我在通往花园石阶的后门、后院木棚的门后面和另外一个秘密地点（桑树里）安放了我从艾佛莱姆那里学着制造的诡雷和用遥控引信点燃的煤油筒。我在煤油里放了没用过的火柴、碎玻璃和电线。

让他们来吧。

他们将以鲜血为代价。

我说，让他们来吧。

我才不会理睬格里尔兄弟的讥笑呢。说真的，他们的父亲是公共汽车司机，他们有妹妹，我却没有。他们有弹壳，还可能会逮到豹子。他们不带我去狩猎。没关系，我在早上看到的事勃兹·格里尔永远也别想看到，即使发狂梦也看不到。

约伯说："他一直在追阿梅，求她让他看她一眼，但她取笑他，不让他看。她告诉我们他哭着跑回家。这兔崽子想象青蛙内哈姆金操他娘那样操阿梅。"

我没有吭声。

"他无话可说了。看，他把脸扭过去了，好像我们看不到他痛哭的样子。"

我没有吭声。

我本来可以告诉他们,我看到宵禁时他们的母亲在镜子前面换衣服。但是我保持沉默,什么也不说。

"阿梅说他还是个娃娃,小鸡巴还没长毛呢!"亚伯纳尔尖叫道。

我猛地转身,三步并作两步冲上楼梯,一直跑到屋顶,跑到我的观察哨,不想再听他们的笑声和说我父母的脏话。让他们说吧,我没有时间理他们,我要放哨了。

我挖空心思在晒衣绳后面仔细选择了一个封闭位置,就在杂物堆和水箱之间。从这里,我可以俯瞰全城,斯奈拉兵营就在我的脚底下。我有一副用麦片罐子和淡蓝镜片做成的望远镜。我用它观察到英军士兵正为迎接高级专员忙成一片。如果有一挺机关枪,我能够从这里把高级专员和格里尔兄弟撂倒,然后逃到山里做山野孩子。永远。

我冷静地分析了整个耶路撒冷的形势。远处是波克拉恩区一角的克利姆-亚夫拉罕姆屋顶,再远是迎着阳光闪闪发亮的斯格帕斯山和橄榄山,还有高楼和舒阿法特教堂的尖顶、山姆维尔先知清真寺宣礼塔。宣礼塔挡住了一棵大树,只见树冠在火辣辣的空气中摆动。我发誓,胜利后我一定要去亲眼看一看这棵树。我望到了特拉扎的树林,不禁想起可怜的豹子。我同情它,打心里希望他们永远也抓不到它。母亲说过它属于我们大家。如果有可能,我一定要跟随豹子越过高山,到属于豹子的森林,像吉卜林①小说中的主人公吉姆一样,和它们朝夕相处。我还观察到和隆美玛郊区相连的德语住宅区,棕色的大楼(夜里,自来水从那里经过地下管道流到我们家)。我看到鳞次栉比的房屋,有瓦顶的,有沥青铺顶的,满城都挂满了晾晒的衣物,似乎希伯来国家一夜之间突然冒出,整个城市插满了五彩缤纷的旗帜。我看到正午的阳光越来越强烈,好像永无休止。我则被阳光吸收,变成隐身人,像月光一样洞穿墙壁,趁夜色去宣泄仇恨,去见阿梅,告诉她别害怕,你看不见我,但可以感觉到那是我。我来把你带走,离开这个地方,到属于豹子的森林里去一起生活。

城市开始发白,白色的夏日粉尘落在树冠上。耶路撒冷阳光是沙漠之光。在朱迪亚沙漠腹地有海。其实也不是海,只是一潭泉水,是罗马军团没有发现的艾赛尼派和梦想家的家园。带着干尘和充满咸味的风从那里吹来。这是我最后一次哭,即使英国人把我的指甲挨个拔掉我也不哭了。我不会说出装扮成医生藏在父亲的印刷车间的那个像斯泽祖帕克先生的人。

---

① 吉卜林(1865—1936),英国小说家、诗人,诺贝尔文学奖获得者。主要著作有长篇小说《吉姆》等。

在沙尘和咸味中,隐隐约约还有一种气味。我说不出它从哪里飘来,是来自莫阿伯山区,来自水泉,或者就在附近,从屋子来,甚至从我身上发出?假如你对着群山说"谨献上我一颗炽热的心,直到我停止呼吸",群山会爆发出一阵大笑,也可能不屑一顾。因为它们是山,我们与它们之间没有共同之处,它们才不会理人间发生的事呢。山用另一种语言说话。假如我懂得山的语言,那我也就心满意足了,我不会理会人间发生的事。

学着点吧。

可是这个时候,我不会离开我的观察哨,因为我要观察敌情,随时发出敌人再来挨家挨户搜查的警告。通过自制望远镜的蓝色镜片,我可以感觉到耶路撒冷有一种强烈的压抑感。在火辣辣的阳光下,松树在冒烟,岩石和瓦楞铁发出刺眼的亮光,而一串串晒衣绳上的衣物就像在风中展翅欲飞的鸟儿。

我在屋顶一直坚持到下午二点。父亲从地下室出来,后面跟着亚布拉夏、艾佛莱姆和里连布鲁姆。父亲锁上铁门,大家说了几句话都走了。除非电机下面另有通道,要不他们只能是把斯泽祖帕克先生留在了地下室。

那人不是斯泽祖帕克,也许是他哥哥或者别的什么人。他装扮成医生，坐理发师的面包车来到这里。他扮成斯泽祖帕克先生，其实是一个精瘦结实的年轻人，眼睛炯炯有神像只豹子。

我们三点钟才吃午饭，吃的是汤、煎肉饼、土豆和生萝卜。我喝了两杯冰镇柠檬汁后匆匆回到我的哨位，以便在第一时间发出敌情警告。

但是没有敌情，只有黄昏临近和渐渐变黑的松树林。六点，从德语住宅区传来渐渐远去的火车声。灰暗的天上，血红的阳光从歇伊克·巴德拉上空移向吉瓦特·索尔，渐渐没在紫色的云中，映在山丘上，山丘也变成了紫色，分不清哪是云，哪是山，也说不清是云还是天边的战马。

地平线终于变黑了。黑暗中，耶路撒冷闪着星星点点的黄色光辉。胡同里亮起了昏暗的街灯。母亲走到阳台上把我叫进屋。

父亲和艾佛莱姆坐在起居室里下棋。父亲穿着白背心，艾弗莱姆敞开咔叽衬衫，露出黑森森的胸膛。

老诗人坐在扶手椅里安详地打瞌睡。

他耳聋而且老，头耷拉在肩膀上。这样子不禁使我想起院子里的乌龟壳。艾佛莱姆曾经说过让我顶替内哈姆金先生做诗人和出纳。我还记得他对这句话感到内疚，说当我们俩肩并肩倒在战场上的时候,他父亲会在我们坟前给我们献上悼词。

"有客人来吗?"我问。立即又后悔不该这么问。

艾佛莱姆开口了。

"你说什么?"他恶狠狠地说。

"别激动,"父亲焦急地插嘴说,"尤里没说错。"

艾佛莱姆说:"科洛德尼,别那么多废话。多余。"

"别说了,你俩都少说一句好吗?"母亲恳求他们,"别吵嘴。"

房子里一片沉寂。

十一

他们一定有事瞒着我。在印刷机底下有一道活动钢门,门内有一条旋梯通向屋子下面的一个古老的地下墓室(或者阿拉伯石洞)。艾佛莱姆和他的同志们似乎急于把它变成地下掩体,可以在即将到来的那个时刻成为我们的避难所。冰冷的墙上挂着灯,靠墙放着一桶桶水和燃料、食品,弹药箱、手榴弹、电池以及无线电接收机等,甚至可能还有内哈姆金先生的经卷。斯泽祖帕克先生(不,应当是令人惊奇的精瘦的豹子一样的年轻人)要在那里一直待到危险过去。

也许他今晚就会出来。在他的药箱里一定有拆散的狙击步枪。从厨房的窗户可以监视斯奈拉兵营的操场,高级专员很快会来检阅部队。到时候他的前额会突然炸开一朵小花,使他倒在地上。艾佛莱姆和他的同志们会从地下冒出来实施"吉斯查拉约翰计划",发动进攻。我要穿好衣服,千万别睡。到那时,大地将会颤抖,城市燃起大火,高楼坍塌倒地。这一切已经不是以时日计了。

当胜利属于我们的时候,格里尔一家就会被送到叛徒惩戒营。但是我会站在院子里温柔地说,把阿梅留下,她没有错。指挥官会命令手下按我的话立即释放这位姑娘。

"你现在处于什么位置?"父亲说,"在西班牙盖城堡?"

"这孩子真可怜。"母亲说。

"一点也不,"我说,"我来帮你们。"

厨房里,餐车上井井有条地放着六个茶匙、六只茶杯、六个色拉盘,都是最好的茶具;还有糖、牛奶、柠檬、水果和果仁以及画着白帆渔船的纸餐巾。水壶在嘟嘟叫唤。艾佛莱姆出去领回一个客人。

"晚上好。"我们一起说。

客人耸耸肩。

在电灯光下近看,这是一位穿着高雅的绅士,一头柔软的灰发，下巴尖尖。他脱掉外衣，掸了掸衣服上的灰尘，把它搭在椅背上，他把裤筒向上提了提坐下来后，开始说话。

"好。"

他脱外衣的时候，我注意到他裤子上露出两条吊带，但裤腰上扎着一条紧束的皮带。

父亲说："尤里，仔细听着。这位是我们的客人列维先生。他原先住的地方不太方便，所以要在我们这里住一段时间。你对邻居说他是你的叔叔，对里连布鲁姆先生和亚伯拉夏同志也这么说。他刚刚从一艘非法移民船上下来，我们检查过他的证件。不需要多说了吧？"

"当然不用。"我说。

母亲说："列维先生，留下来吃饭好吗？先喝杯茶。"

客人一直把药箱放在腿上。母亲说话的时候，他冷冷地仔细打量母亲，悠悠地审视她的胸部、臀部和腿部，然后又轮流打量父亲和艾佛莱姆。他用拇指理了理刚硬的胡子，点点头，一副胸有成竹的样子。

"一切都准备停当了吗？"

父亲说："我们已经竭尽全力。"

"但这小孩在这里干什么？"客人突然说，"不可否认，孩子是我们的未来，但他们有时也很烦人。"

就这样,母亲和我到厨房去了。母亲开始切面包,我则在木碗里拌色拉。他贼似的偷偷跟在我们后面,出乎意料地从我们中间走到窗前。"太好了。"他一边说一边转身对着我们,狼似的嘴角露出伪装出来的笑容。

"我在沏茶。"母亲说。

"对不起,我改变主意了,现在不想喝茶。你可以走了,把孩子也带走。我在这里静一会儿。"

他加重语气补充说:"就我一个人。"

于是,我们放下东西回到客厅。诗人正在斟酌词句,用带磁性的嗓子阐述经过苦思冥想的想法。

"城外,夜夜闪烁亮光,篝火也一如既往在天地之间飘晃。我不是以我可怜的心表达,而是以所看到的和所观察到的现象表达。有人视他为无物,视他为渺小,他却是民族的希望。请给可怜的我倒一杯自来水好吗?我的心因向往而衰竭。不要果汁,不要柠檬,就自来水,如果不会给您添麻烦的话。我们已经心力衰竭,而他不会彷徨不决。我喝完水就离去。但愿人心都如新生儿一样纯洁。再见了,各位。我要走了。祈祷吧,请不要鄙视我。首都有了领路人。拿好我的手杖,把门打开。再见,那些不愿意与他同路的人。"

但是,老人并没有起身,只是叹了一口气,仍然坐着不动。就在这时，客人飘然而入，坐在空余的椅子上，手里仍紧紧抓住药箱。

"我给您准备了香烟、火柴和烟灰缸。您用吗？"父亲征求他的意见。

"一切都很好。"斯泽祖帕克先生的哥哥说。

"如果您想吸烟，就请吧，列维先生。"

"你第一次说的时候我就听见了，"那人尖声答道，"我说保持安静。这么吵我怎能集中思维？"

我们沉默了。

父亲陷入沉思。他从棋盘里拈起黑马，苦笑地看了看，又把它放回原处，决定进兵。艾佛莱姆快如闪电，将白车放在最靠棋盘边的地方，恼怒地说："将！"

"你又有麻烦了。"父亲悄声说。

母亲瞅准时机对他们俩说列维先生要我们保持安静。

绝对安静之中，客人拿着药包悄然穿过房间，来到窗格旁，背对着门，默默地注视着院子（也许是我窗台上的战场）。然后，他坐回椅子，努努嘴小声说："请那孩子出去。"

"尤里，"父亲警告我说，"听到了吗？说晚安。妈妈会给你送饭的。晚安。"

"别争。"母亲说。

列维先生露出满口洁白的细齿向母亲咧嘴。

"孩子,"他说,"看看照片弹弹琴,下下象棋,欣赏鲜花,这就是你们在这种时候的生活!真是一个安乐窝!我们一定是心不在焉了!我并不是说不能来一杯伏特加。什么?没有伏特加?有什么?我猜你们只有里淞来兹甬的投喀酒①吧?我可以想象出来。没关系,一切都安排得很好。"

"风在不停地旋转,"内哈姆金先生忽然醒了,开始动情地说,"风绕个圈还会再吹回来。这仅仅是事物的一面。科罗德尼太太,知道另一面是什么吗?原本存在的东西不会像原来一样,会变成眼睛看不到的东西。您家里有客人,告辞了。客人先生,也祝你成为进军耶路撒冷的见证人。"

他一边说,一边神气地用手杖敲地板,像是要把虎头从沉睡中唤醒。

"你们也要我容忍这个糟老头子吗?"

父亲抱歉地说:"原谅他吧,他老了。"

艾佛莱姆补充道:"列维先生,我们已经尽力了。"

母亲把桌子上的茶具搬走,准备开饭。父亲发现我还在,就怒气冲冲地喊道:"你还在这里干什么?难道没听懂我说过的话?"

---

① 一种甜而醇的匈牙利葡萄酒。

"是。"我说，闪电般地把图钉和锡纸扫掉，摧毁了战线，把所有东西，包括军队、战舰、指挥员、指挥部和火炮统统扫进玩具盒。战争结束了。

我连晚安都没有说就从起居室逃了出去。

我没有洗脸，也没有脱衣服就摸黑躺在床上。我暗暗对自己说，别慌，镇定，放松，什么也没有损失。连普通士兵都能投入战斗并且获得胜利。镇定。

可是我镇静不下来，也不可能镇静。

夜色留在窗户上，留在房间里。夏夜的星空中，狗在狂吠。

黑暗中，我把手伸进百宝囊中摸索，里边有袜子、水壶、扣环、吊带、童子军皮带、旧毛衣、口香糖和折叠刀。

我已经准备停当。

十二

早晨，还不到五点我就惊醒了。窗框在振动，密密麻麻的重型飞机在耶路撒冷低空隆隆飞过。屋外一闪一闪地发出亮光。原来不是轰炸机的声音，而是泽乌伦·格里尔在发动汽车。引擎不断发出无力的呻吟和断断续续的闷响。格里尔同志准备上路。我离开窗台溜进厨房。

母亲和父亲相对而坐,默默无言。他们还穿着昨天的衣服,桌上摆着喝过的茶杯、咖啡末以及剩下的饼干和水果。烟灰缸里装满了烟头,空气中一股烟味。父亲眼睛里充满血丝,显得疲惫不堪。他说:

"早啊,尤里,你不知道现在还不到五点吗?"

"早上好,"我说,"别的人呢?"

"你说谁呀,尤里?"

"所有的人,列维先生、艾佛莱姆和内哈姆金先生。"

"洗脸去,儿子,别忘了梳头。这里没什么好看的。"

"你得先告诉我发生什么事啦?"

"没事,别紧张。"

"那人呢?"

父亲迟迟不说话。他显然没有刮脸,胡子拉碴的。他皱着眉头说:"尤里,告诉你一个不好的消息,内哈姆金先生昨晚病了。我们叫醒维希尼亚克太太,叫来救护车把他送到哈达莎医院了。他这时在休息和恢复。医院今天要给他做检查。"

"那艾弗莱姆和列维先生呢?"

"艾佛莱姆又出去了,要过几天才回来。他偶然要出去几天不是？这次出去的时间可能会长一点。去洗脸，然后回来喝可可奶。"

"列维先生哪里去了？"

父亲看着母亲，母亲默不作声。她穿着宽松的夏季白色长裤和低胸的绣花短衫。她的打扮也像要出门旅行的样子。

"列维先生呢？"我说，"就是昨晚在这里的那个人。"

父亲沉默了一段时间，然后伤心地说："我想内哈姆金先生会好转过来的。哈达莎医院的医生很有把握。他只是受了一些刺激，需要休息。"

"你们也把列维先生送去哈达莎了吗？"

"洗脸去，尤里。"父亲说，他把"洗"字说得很重，可能不希望我再说话。

"您俩都怎么啦？"我惊恐地问。

母亲什么也没有说。

父亲站起来，倒干净烟灰缸，把脏杯子放进洗碗池，用湿布抹桌子，再用抹碗布把桌子擦干。

"如果你愿意，"他说，"今天下午你和我们一起到医院去看望内哈姆金先生。等医院打来电话再去。去洗脸吧，我已经说过三次了。"

"不，除非您告诉我列维先生在哪里。"

"看你的儿子,他干吗要这样折磨我?"

母亲什么也没有说。

父亲咬咬牙拽起我的手臂,看来是下决心要撵我走。但是他很快又恢复平静,在我的额头吻了一下。

"他有点发烧。"他说。

他突然把我揽在怀里,手按着我的头,伤心但坚定地说:"尤里,自你起床后说话就有点怪。首先,夜里做噩梦。还有,不到五点你就起来了,而且一直不停地说话。好吧,我不怪你,因为你还小,我能够理解。我们不生气,但是你得照我的话说。仔细听了,昨晚我们只有两个客人,那就是艾佛莱姆和他的父亲,和平常一样。到了深夜我们叫来了救护车。我已经说过了,句号。听话,去洗脸吧,孩子。就这么多了。"

我说:"妈咪。"

突然,母亲呜咽着说:"你们俩都被惯坏了。"

我从煤气炉上抓起一盒火柴冲出厨房和屋子,去点三个炸弹的引信。尽管我一根接着一根划火柴,三个炸弹一个也没有点着。艾佛莱姆骗我。我并不是谁的副官,高级专员永远不会来斯奈拉,即使真的来了,也没我什么事。斯泽祖帕克先生照样在里维拉时装店卖衣服。内哈姆金先生快要死了,还有他的泉水也会一起干涸。鲁哈玛可能要来这里整夜不走，这才是我耿耿于怀的。特拉扎树林永远不会有豹子；永远不会有犹太国，连亚伯拉夏的林达也和巴克莱银行的儿子跑到巴黎去了。没关系，你可以看着我哭，你也会哭的，可怜的阿梅。早上五点半你也被赶出了屋子。耶路撒冷所有的人都留在家里，只有我俩留在屋外。我要带你走得远远的，到山那一边去。你会教我关于妈妈、青蛙和其他人的……走吧，别管他们了。阿梅，我们不会伤心，走吧。

阿梅穿着一条和我一样的蓝色短裤（不同的是她的裤子是松紧带的）和一件橙色的衬衫坐在石头上。我没有看见她的哥哥们，周围什么人也没有。太阳升起来了。阳光照在排水管上、窗户上和墙上。云红彤彤的，像疯狂的骑士在科得隆河谷上方红彤彤的山上奔驰，用带火的矛向以色列的敌人刺去。去吧，骑士们，到特拉维夫去，到海里去，不用管我。阿梅腿上有一本打开的作业簿，没看见她写字，她也没有问我什么，没有要我别慌。

这么早阿梅坐在石头上写什么呢？她在留言本上写了几行字：只有雪变成黑色，只有猪会飞翔，我的记忆才会枯竭。

我也写点什么吧？

我写道：

我们的小熊病了,

它熬夜伤风了。

店铺不久就要开门了,水果店将把一篮篮葡萄摆到人行道上。黄蜂就要飞过来。塔尔姆德唱诗班的歌声就要从会堂传出来。父亲和他的两个助手要印制新年贺卡。一大堆衣服等着母亲去熨。令人百思不解的是,今天早上面包还没有送来,但空气中已经充满了烤面包的香味。我记住,我们还要继续等待。一切如常,新的一天开始了。

渴 望

伊曼纽尔·纳斯博姆医生致贺米娜·奥斯沃尔德医生的信
深夜发自：塔尔托马尔基布兹

亲爱的米娜：

时不我待。此刻，或许你就在海法，正往黄铜镶边的黑皮箱里叠放行李。你噘起嘴唇，许是刚刚申斥过侍者，或又是和涎皮赖脸的大堂经理理论，效率低下和道德沦落使你愤懑。于是，你就絮絮叨叨地，或许还不无高声地对自己说着"令人作呕"。

也许你并不在海法，或许你已经登上开往纽约的邮轮，在二等舱里戴着眼镜消化学术杂志上枯燥无味的文章，面对涨潮和带着咸味的海风无动于衷；舱外的海鸥和渐渐变黑的大海，舱顶舞厅里飘来的探戈舞曲，也引不起你的注意。毫无疑问，你已经完全沉浸在一个人的世界，一如往常埋首工作。

我只是在猜想。

我不知道此刻你在何方。我又怎么能知道呢？你从来没有回复我两个月前写的任何一封信，也没有留下过投递地址。

因此我想，你是决心已下，要重新开始新的生活。你灰色的眼睛坚定地投向未来和你正在从事的工作。你不会回头，不会回忆往事，也不会因为期盼而留下遗憾。你瞄准目标一往无前。很自然，你不是完全没有认识到你心灵的弱点，毕竟那是你研究的主题。可是，又有谁能够挑战你一次又一次下决心要重新开始的坚定信念？你没有留给我任何联络地址，我是在塔尔托玛尔基布兹的办公室里浪费时间。她飘然而去，她走了。她已经应邀到美国去讲学，可能早已出发。很遗憾。

你很可能最终会为我的诚意或你自己的好奇心所动，我也可能因此突然收到一张寄自美国的明信片，一张五彩纷呈的高楼或者富丽堂皇的钢铁大桥的明信片。正如我今早刮脸的时候对自己所说，我仍然没有完全放弃希望。面对着穿衣镜，我几乎突发奇想，也独自伤心。我这副尊容简直令人作呕。疾病使我两颊深陷，眼球突出，足以吓坏孩子。这种错位使鼻子尤其惹眼，整一个纳粹的模样，一个综合征患者。我那一头蛮有艺术感的蓬松的银发（你常常用手在上面来回摩擦欣赏静电发生）已经枯黄稀疏，再也发不出火花。按此脱落的速度，再过几个月我就毫发无存了，一如我曾经夸张地取笑我亲爱的父亲那般模样。

我为什么要如此夸张？我又为什么要以此为乐？其实，

我一直是，而且现在还是一个好静的男人，用一个中性的词来形容，是一个快活的中庸者。我一直以此为荣。诚然，只是沉默者的荣耀感。一次又一次晚间的欢娱，我在释放自己的瞬间，原始冲动会暂时使我忘乎所以。现在，我们之间的爱已经结束，我又恢复了本我，还原到一无所有的境地。苦涩的浪费，枯燥的哀诉，一丝迷茫的企盼一如蓟丛飘零成泥。你应该明白我的心境。毕竟在你的内心也是荒漠一片（原谅我这么说）。虽然是不一样的荒漠，也许叫焦土。这是我今晨从一份与结束英国托管有关联的文件上偶尔读到的一个词。

如此而已。

亲爱的米娜，正如我说过的，时间已经所剩无多；战争即将在这里爆发，这已是不争的事实。今天上午，几位邻居在我的书斋聚会。甚至我所在的克利姆阿夫拉罕姆区也已经成立了某种民间防卫委员会。这就是目前的状况。

战争将带来什么，我全无思想准备，唯有种种企盼与恐惧而已。在远离耶路撒冷的地方，在远离这些年来你苦心探索的加利利和谷区，你是安全的。毋庸置疑，作为一名医生，我在这场战争中将毫无作为，既不能服务于战场，也不能在后方医院尽责。我已经病入膏肓。病痛虽然没有连续发作，但总在以狡猾的策略戏弄着我，间歇好转，伪作缓和，常使我蒙受狡诈的欺骗，常使我燃起虚假的希冀。我禁不住觉得好笑，难道它没有认识到这是在与一个医生周旋？或者说是与一个艺术家周旋？我不会受此伎俩欺骗。这些告警和解除告警之间的幻象，这些给我以虚假的希望以及回避直接进攻的幻象，其实全无必要，因为它面对的是像我这么一个人，一个富有经验的诊断学家，一个有教养的人，一个有一个小小的医学图书馆可以支配的人，一个以德语为母语的人。

总之，我还是我，平静中带着绝望。生命的冲刺将在冬天展开，并结束于春天之前，或许开始于春天，最多延续到一九四八年第一次热浪到来的时候。我不想计较细节。亲爱的米娜，我认为没有必要在信中向你表明，此刻，我在平静地生活，并且将充满信心继续按部就班地生活。

再无新话可说。

没有更多的新鲜事可以向你叙说。

再说，我也没有更多可支配的时间。

日日夜夜，我将大部分时间花在观察耶路撒冷所发生的一切。我一直想尽一点爱国热情，就像今天上午在一个地区防务委员会上一样。我仍然和近邻保持某种友好接触，也继续在我的私人实验室里做化学实验。或许我可以在战争中以此来为我们的社区稍尽绵薄之力。

此刻，我所观察到的使我确信，耶路撒冷的夏天已经逐渐地几乎是一天天地退却，秋天的脚步已经不露声色地逼近。当然，还没有落叶，但是，从叶面，或者从早晚阳光可以感觉到秋的气息，或许两者相映交替，相互印证。

我们的后院出现了云翳。人们在悄声严肃地议论着。黄昏来临的时刻越来越早，光线比平日更加柔和，更加奇妙。诗人或许由此平添几分绝望，恰似爱情剧最后一幕那种悲壮的激情，那种充满野性的放纵，因为这是最后一次，再也不会重现。黄昏将逝，西边的群山一片泛灰，残阳如火一般地溅在窗棂上，染红了高楼和清真寺，似要使屋顶上的水箱以及其他什么变得疯狂，如火燃烧。这场火后，山被浓烟吞噬，奇迹由此而现，耶路撒冷因此突然飘起浓烟的味道。

惫懒的夏天落日由此消逝、离去，空气中浮现新的萧瑟，使初夜的屋外凉意更甚。偶尔，我感觉到周围的鸟少了许多。诚然，我当细细考究这个新的细节，但常识预示我，秋将会把候鸟带回。

米娜，此刻，我铺开小而平滑、抬头印着我的希伯来和德文姓名的处方笺，徐徐地给你写信。你过去把这些信称作"学童的纸条"。很明显，不同之处是这一次我既不简言，也不显弄才华。

我坐在阳台的桌前，身穿灰色套头毛衣，但脚下仍是一年多前你在老城[①]为我买的农夫凉鞋。写信的手指和凉鞋里的脚趾之间似乎相隔甚远，不是因为我突然长高，而是两者之间隔着的病体。亲爱的米娜，晚霞仍然留给我足够的光线写信，但是我可以感觉到光线正在消逝，整个城市，一个区接一个区，将被夜幕笼罩、吞噬，最终归回黑夜的驿站。在山上东向的高楼引领下，夜幕将掠过整个城市。径直进军周边的沙漠，这就是耶路撒冷之夜的循环；你应当听我说起过。这是你所说的"诗一般的幻境"。仅此而已。又患痼疾，使我几乎痛不欲生。像我这么一个人，这已经不太可能仅仅是一种暗示。随缘吧。此刻，我还是撇开自尊，注射一针抑止疼痛。

虽然已经黑了，我还是要回到阳台继续写信。凉风轻拂，善解人意。我要去打开书斋的灯，设法将台灯移来此处。电线能牵到这里吗？看看去。我甚是怀疑。

疏于管理的院子对面阳台上，邻居格里尔太太问我：

"伊曼纽尔医生，您今天感觉怎样？今晚收音机有什么新

[①] 位于耶路撒冷东部的古耶路撒冷城，保存了阿拉伯的古旧街道、耶稣受难走过的苦路和耶稣升天后停尸的圣墓教堂、大卫王墓和圣殿山上的阿克萨清真寺、萨赫拉清真寺以及圣殿遗址的西墙（又称哭墙）。

闻？您的汽车几时能到？"我的收音机是近邻中唯一的一部。我间或也充当他们与外部世界之间沟通的联系人。邻居男孩尤里常常过来，因为我允许他过来听新闻，他亦由此发现了我的实验室。至于汽车，这里人人都说我将很快拥有属于我自己的车。传闻的来源无疑出自与尤里为敌的孩子们。那些人知道我已经不再行医，也听闻我在为犹太人代表处做事，并且已经着手调查我为何有一辆私家车。我婉言否认，并且道歉，好像我做过不当之事。此刻，格里尔太太对着我咯咯发笑：

"别担心，伊曼纽尔医生，我们会保密的。我丈夫是工会的老手；至于我，我全家在罗兹①没了。您可以信任我们。我们不是那种嘴碎的人。"

"打消那念头吧，"我含混不清地说。"我从来也没想过您……但事实是……"可她已经消失了，赶去厨房抢救潽了的牛奶，或是给晾在阳台上的被单遮住，或是消失在竹篮、洗衣盆和行李箱之间。总之，我又独自一人了。

关于犹太人代表处，让我以简短的几句话告诉你。在书斋后面，我有一个舒适的小天地，是一个储藏间，家庭实验

---

① 波兰中部城市。

室，或者说是一个暗房。我想你可能记得，你曾经抱怨那里的化学气味飘进房间。当然，我没有放弃我那微不足道的实验。早些时候，我就我能较大批量提供的某种化学材料做了一个备忘录，此种材料可能用于军事方面。因此，三周前，犹太人代表处（或者叫哈格纳）的一位工程师及时找到我，问我是否愿意就合法储藏在山区的索里尔鲍内采石场的爆破物以及分散在耶路撒冷各处的其他爆破物开列一份清单，并就城里的犹太人工厂所拥有的化学品建立一个卡片索引。他同时建议清单把所有化合物包括进去，估算出在可能持续一段时间的战争中我们之所有及我们之所短缺。我答道，我们一切都紧缺，甚至包括面包和饮用水。我的回答引来客人一阵微笑，认为我有某种病态的幽默感。"纳斯博姆医生，"他转身准备离去，但脸上仍然带着笑意说，"一切都会有的，您只关注您的清单好了，其余的事留给我们对付。我们随时准备将您想到的所有合理建议付诸实践。达希金本人认为您是这一领域最杰出的学者。我们会保持接触的。再见。"

总之，我接受了建议。再说，此翁没有坐等答复的意思，似乎是给我下达命令。自此，我便开始建立备忘录。或许自从达希金在几次会面中以其惯常的煽情语气对我说话，使有些人为我神奇的法术所折服，期望我成为他们的炼金术士。

简而言之，如果我明天早上，或是今晚就能够获取一种方程式，使大批量爆炸物得以迅速、廉价——甚至在厨房大量生产出来，只要少量就能具有摧毁效果，他们会十分满意但不会感到吃惊。当前，地下运动的短波电台每天晚上都在重复一句口号："当你背靠墙壁，一切难以置信之事都可能发生"。我得承认，从哲学意义上讲，你我毫不费力就可能驳倒这种口号。可是无论如何，就目前情况而言，我能够接受它，既是出于忠诚的感情，也因为只要略加思索，我能够从中悟出某种诗意，当然，是一行粗糙的诗。但是，如果我自己可以这样阐述，此时的事态本身就是粗糙的。

刚刚出现一个小小的奇迹，我想方设法，真的把台灯从书房里移到了阳台，电源线勉强够长。我作了个小小的妥协，把桌子稍稍朝门口移了一点。无论如何，我现在是在室外，处于灯光之中，身后的石墙上折射出不可思议的影子。此刻我还管什么天黑呢？

顺便说，我已经在小处方笺上写了几页了，我得简练一些。写什么呢？当然是要点。亲爱的米娜，此刻，我尽可能集中在要点上。我要把空杯子倒盖在纸上，免得风在我毫无防备之中把纸吹走。这里的初秋常有风起。

好吧，就这么办。

我本想坐下来倾诉自己的种种细节，关于我的周围环境，关于对耶路撒冷的某些观察，尤其是关于克利姆阿夫拉罕姆，我所在的区，关于它的所见所闻。毫无疑问，字里行间随时可能有几经斟酌的对比，也可能加入某些回忆。毋需担心，米娜。我不会在信中美化或者丑化我们共同的记忆，也不会触及你的新生活。我曾经读到过，美国是一个美好奇妙的国家，在那个国度里，每一双眼睛都瞄准未来，甚至每一个希冀都直指未来，并且每一个人都认为过去不值一提。

米娜，你到了美国了吗？你是否已在高楼和大桥之间觅到安静的咖啡馆，安坐下来，戴上你的眼镜，打开你的笔记？你已经习惯说红番话了吗？或许你仍在船上，在旅途中，刚刚经过——比如说，亚速尔群岛？你悟到了马德雷山脉① 对你意味着什么了吗？亲爱的米娜，你还好吗？

也许现在还不算太迟。

也许你尚在海法，整理行装，准备出发。我仍可以赶上晚班火车，在深夜前到达海法，在迦密山的某个小寄宿旅舍里找到你，与你同坐，默默地注视深黑的海水以及加利利山影；注视英军战舰的射灯划破海湾的宁静，或许某一艘战舰

---

① 墨西哥山系，南支为火山带。

会突然发出悲哀的鸣响。

我不知道。

我的健康状况也不允许我做如此旅行。

假若我真的来,假若我设法找到你,你一定会说:"伊曼纽尔,你为什么要来?看你的狼狈样。"

假如我说,我来是为了说再见,我的声音将出卖我的心中所想,或许我的嘴唇会颤抖,你可能会带着冷冷的歉意说:"那不是真的。"

我只有强迫自己沉默、尴尬和胆怯,或许还要抑制生理痛楚。我会变成你的包袱。

不会有旅行的。毕竟我不知道你身处何方。

我甚至不明白为何给你写如此之长的信,主题是什么?正如人们常说的,列入议程的是什么?我给你所写何事?真对不起。

现在是初夜时分。我已经说了两遍了,但黄昏确实还在继续。在阳台下面,也就是人行道上,几个小姑娘在玩跳房子。尤里躲在她们目不能及的灌木丛里,他的水枪枪口随着她们的跳跃慢慢移动。此刻,他已经停止了瞄准,是在沉思,或在做梦?从我坐着的地方,我可以看到他的头和枪的轮廓。这个孩子总是在警戒,又似乎总在哨位上瞌睡。孩子们不久就要回屋了，欢叫声也将随之消失，但仍然不会有宁静，因为我浑身在作痛，其中一处尤甚。我执意不理会疼痛，只是集中精神记下发作的地方和时间。亲爱的米娜，请不要脸带讥讽和你的病人分享这一段话。请天真地笑一次，其实不这么笑也没有关系。我只是厌恶你的讥讽。你总是轻而易举地越过语言障碍解读字里行间的含义，又总是一脸悲天悯人，真是令人难堪。你会说些诸如无花果树中的鸟儿是否正在换防？花园里满树桑葚是否如夹竹桃花一般开始枯萎？黄昏已经降临，远处隐隐狗吠，钟声回荡，射击声和渡鸦的哀鸣交织在一起。如此单调、持续、琐碎之事，为何对我说来全都似不再有了？

此刻，已经是耶路撒冷的阳光扭曲之时。那是石的反光开始使之暗淡，似乎不是太阳沉降在云层之后的最后一道光线，而是城墙、堡垒、远处的高楼在发出自身灵魂内敛之光。此时，你也许在一如往常那样吸一口烟，从鼻腔徐徐溢出，自言自语道："什么？再说一遍。"

你可能如此，我说。意思嘛，是我不能制止它。

我永远也不可能制止任何事。无论发生什么事，只是因为你想要它发生。

你曾经对我说，这就是我们，伊曼纽尔和米娜，两个受过教育之人，两个有相似背景的人。然而，他们没有理由要建立永久的关系。

我同意。一边是伊曼纽尔医生，一位绅士，一位迟疑不决的男人，即使他想做一件事，也总要怀疑自己的动机，他的微笑常常带着困惑。如此一个男人，最终下决心讲一个故事的时候也要立即开始追问自己，这故事有趣吗？它能让人明白吗？是否离题了？如此等等。另一边是奥斯沃尔德医生，一位尖刻、果断的女士，即使是罕有的妥协也几乎要看做是生与死的大事；看她熄灭香烟的动作，似乎要把烟灰盅戳出窟窿。

无疑，我们事先已经知道他们的结合是一种误会。

然而，即便如此，你还是觉得适合和我生活一段时间。至于我，像我这样一个男人，像我这种情况，是否也可以说——

我曾经爱过你。我现在仍然爱你。

1947年9月2日，于耶路撒冷玛拉奇街

亲爱的米娜：

夜来寻梦，梦见你身穿浅棕色长裙回到我的身边，又看到你那刻骨铭心的手指了。梦中的你，恬静，甚至声音都与平常不同，多了一些镇定，多了一些暖意。

午夜时分，我吃了点夜宵，一个面包卷，外加橄榄、西红柿和黄瓜。我还给自己注射了一针，服下两片不同的止痛片。我躺在床上翻了几页奥利里借给我的杂志。其中写道，一位敏感的英国香客八年前朝拜圣城，满眼皆是耶路撒冷凄凉景象。然后，我关上灯，远处传来引擎的声音，或许英军军车在朝拉马拉和萨玛利亚山区驶去。在似睡非睡和麻木之间，我透过心灵的眼睛看见荒芜的山谷、凄凉的石村；乱石丛中生长的圣树为黑夜吞没，或许还有一只狐狸在树影下吸鼻。再远是山洞、篝火的余烬、古老的橄榄树以及为夜幕掩盖的苍凉的山羊路径。在深夜晚风中，蓟花萧瑟飘香。英军吉普在暗淡的车头灯指引下，盘绕在山路上，一条古老的山道。朦胧中，屋里楼梯上传来一阵悄语，是父亲和他的律师在过道上轻声争执。我几乎听不到他们所争何事，但很明显，当是那些威胁我的调查。法律论据或许可以把我从几大名誉损毁案中挽救出来。我锁上书房的门冲向厨房。我一定是极尽粗鲁，将父亲推出厨房，只见律师伤感而不失圆滑地向我鞠躬致意。我发疯似的到处搜寻那股可恶的烟味，但却徒然。我咳嗽不已，几至窒息。我得抓紧，从现在起任何时候，英军都可能到来，而尤里的父母又该责备我的所作所为了。继而，你的棕色衣裙出现在厨房的阳台上。你忽然出现，我无意回避，于是小心地将外衣披在扶椅背上，卷起背心，导引着你的手在我的膈膜上游动。你那刻骨铭心的手指最是令我赞叹。在丝毫无误和痛感全无的情况下，你划开我的皮层，探入胸腔，寻出感染的胰腺，用镊子和小巧的手术刀导出外溢的脓水。没有流血，没有疼痛。神经末梢有如白色的蠕虫，肌肉组织在割裂的纱布声中撕开。我坐着，注视你的手指在我的体内操作，一如阅读图解教科书。你笑了。伊曼纽尔，你看，手术做完了。我悄声道，谢谢。继而我又说，我想穿上衣服。而后，胰腺开始肿胀、泛绿，如巨虱，如脓肿，如爬虫，移动干瘦的、毛茸茸的腿缓缓下行，从我的大腿、小腿，直到地上。我将薄薄的杯子朝它扔去，可惜未中，是你把它踩在鞋尖之下。我该穿上衣服和你喝点什么了。你说要喝咖啡。旋即,你改变了主意,眼睛里闪着狡黠的光芒。你说,伊曼纽尔,你该喝新鲜果汁,待身体稍好一点后再喝咖啡。你的手搭在我的头发上,使我感觉极佳。我没有说话。你说,我的孩子,你是那样的冰凉,那样的苍白。闭上你的眼睛,停止思索,安静地睡觉。我服从了。在我闭上的眼睛里,厨房开始消失,只剩下厨桌上群聚的胰腺,如蠕虫,伸出触角,毛茸茸的,极为可恶地粘在果酱瓶上、面包上和水果盆里;其中一条甚至爬上我的睡袍袖口。没关系,我在休息。我虽然闭上了眼睛,然而,我听得到你的声音,听到一首俄国歌曲。你是从何处寻到这首俄国歌曲的?是从杰兹里尔山谷的基布兹?是从田野里?待我恢复气力之时,你领我去,我随你而去。亲爱的米娜,三点了,斯奈拉兵营钟楼上的大钟把我惊醒。我打开灯,颤抖着手抓起盛着冷茶的杯子,掀去盖在杯子上的玻璃茶碟,喝一口,吃一片药,接着和英国香客进行心灵交流,和他争论分界线问题。他毫不迟疑地坚持分界线位于斯格帕斯山和橄榄山之间。清晨已至,我又在晨光中睡了,灯也没关。我听到你在说,你现在可以知道了,我为你生了一个孩子,我把他寄养在谷区的一个基布兹,为的是免得你在目前的身体状况下分心照料孩子。你的嘴唇按在我的头发上。米娜,你没有离去。啊,没有,我没有离去,我在这里。我每天晚上都回来陪伴你,伊曼纽尔。但是,在白天我必须隐藏,因为搜查,因为戒严。只有我们用智慧赶走了敌人,只有希伯来国获得了自由,我才会现身。我枕在你的胸怀睡了,一直睡到刺耳的枪声不断传来。这个晚上,伊尔根(或者斯特恩)组织[①]再次袭击了英军军营。或许是新的战争已经开始的首次尝试吧。我起床了。

窗前浮现淡淡的光线。隔壁院子里的雄鸡激昂地打鸣。那个奇怪的男孩已经起来,在垃圾堆上乱捅一气,拖着被人废弃的包装箱随处走动。早晨六点,新的一天来临。我必须把水壶搁在炉子上,煮上刮脸和早餐冲咖啡用的水。我还有半个小时,可以重温晚间梦见的小孩,也就是我们的儿子,你为我生下又为我藏匿的孩子。六点半,报纸送来了。七点一刻,我从新闻节目中听到,《泰晤士报》发出警告说,犹太复国主义者不顾后果的反抗是一种玩命的赌博,忠告他们采取现实主义态度,修正观点,彻底明白建立犹太国的想法将导致浴血,必须找出另一种阿拉伯人(至少对温和分子而言)能够接受的解决方案。然而,方案绝不能允许将犹太复国主

---

① 英国统治巴勒斯坦时期从事地下运动的犹太复国主义组织。

义定居者的成就拱手让给那些穆斯林的宗教狂们。这是连他们自己都赞叹不已的成就；可惜，犹太人代表处的领导者们急速膨胀的政治激情更倾向于冒险主义。当我开始整理床铺，清扫五斗橱和书架的时候，新闻播完了，接着是大卫·扎凯的《九月夜空》讲座，然后是早间音乐节目。此时，街上传来煤油贩子和冰激凌贩子手推货车上的铃铛声。我在心里反反复复地掂量"不顾后果""赌博"和"冒险主义"这些个词。

八点。我决定到斯格帕斯山上的哈达莎医院，闯进达希金教授的办公室，占用他一刻钟的工夫，询问我的病情进展以及他上周所做的检查结果。火辣辣的沙漠阳光早已吞没耶路撒冷，干风吹拂着山丘。在布满灰尘的公共汽车上，学生们模仿老师的德语口音，用故意曲解的波兰幽默取笑师长。在歇克加拉郊区的路上，一间咖啡馆门外人行道上零散地摆着藤编小凳。我看到一位有教养的阿拉伯年轻人，身穿条纹服装，戴着一副牛角框眼镜坐在凳子上毫无表情地盯着什么，手中细小的咖啡杯子动也不动，面对犹太人的公共汽车眼睛懒得一抬。我禁不住将他的沉默与汽车上学生的喧闹以及姑娘的娇笑作一比较。我心中充满忐忑。

达希金教授欢快地呼唤我的名字，毫不客气地把一个咯咯发笑、手足无措的护士轰出办公室，也不管人家在忙着填写病历卡。他在她身后砰地关上门,一掌拍在我的肩上,用俄语大声说道:"让客套见鬼去吧!像以往一样,我们坦言相谈。"

我就上周检查的结果简洁地提了四五个问题,获得了预期的回答。

"可是,我亲爱的伊曼纽尔,你看这里,"他嚷嚷道,"你还记得一九四四年夏天从撒菲德来的那个密教徒齐维克拉比吗?对。我们的结论和他的情况完全吻合。然而,他的肿瘤消失了,他的病情——我们该怎么说——稳定下来了。他还活着,并且活得很快活。这是一个事实。"

我笑了。"那么,你想建议我做什么?难道让我坐下来研究神秘主义?"

达希金教授倒了一杯茶,一定要我拿一块饼干。他说,白痴到处盛行,他们学院里就有,甚至政界中也不乏其人。他认为犹太人代表处的首脑们是一群政治低能儿、高谈阔论的门外汉、小城镇出来的无师自通的家伙、文盲、浑噩无知的家伙。正是这么一帮好事之徒要与白厅头脑复杂的专家们玩弄心智。这足以把你逼疯吧?再来一杯茶如何?你怎么啦?你可以再喝的。我都已经倒好了。你干吗来了?你想要什么,只是来气我?喝!一句话,歇托克和贝尔·罗科尔之类的人物。还需要我多说吗？政客斯韦德盖洛甫们到处都是。十二月份，我们还要你来住院，再做一些检查，如果没有不良变化，我们就将视作好转的迹象。不单单是迹象，而应该是转折点！就这么说。此刻，我该怎么说你好？保持振作，我的朋友，一种让人羡慕不已的精神状态。

他说话的时候，我偶尔发现他眼中噙着泪花。他是一个粗壮、肌肉紧凑的汉子，一激动就习惯流泪，容易脸红和动怒。我曾经私下给他起了个绰号，称他"俄式茶炊"。

我起身告辞。

就这样，没有新的检查，也不用治疗，一如我所料想。

"达希金，谢谢，"我说，"太谢谢你了。"

"谢我？"他大叫一声，好像我伤了他似的，"怎么回事？你想什么来着？你疯了？你怎么突然想到要谢我？"

"因为你坦言相告，因为你不说多余的话。"

"你太夸张了，伊曼纽尔，"他伤感地说，声音充满感情。"你第一次如此夸张。可是，当然啰，"他语调未改地补充道，"在白痴横行之时，像我们今天这样的碰面几乎只是一种偶然。斯韦德盖洛甫们，我说的是政客斯韦德盖洛甫们，还有医学上的斯韦德盖洛甫们。甚至在我们系也不乏歇托克和贝尔·罗科尔之类靠吹牛过日子的人。好吧，进城的公共汽车还有十分钟就开了。和平常一样,坐九路。不,不用跑!不着急,它会推迟发车的。我断定它一定迟发。毕竟,这里是汉默-克谢尔,不是在皇家海军。假如你发现有什么变化,立即来找我,哪怕是半夜两点。你一定会喝到一杯热茶的。伊曼纽尔,我多么爱你啊,我的心在为你哭泣。好了,够了。既然我们谈到了卑鄙的圣徒齐维克拉比,他打破了我们教科书上所有的条条框框,神奇地从死亡中站起来,我再多说一句。他曾经对我们说,主有时候也对他的崇拜者施恩,向他们显灵,只要他愿意,他也会用医生和医药的手段挽救一个生灵的。再见,我的朋友。勇敢些。"

他眼睛里再次闪现泪花。他激动地为我开了门,突然用可怕的声音咆哮道:"斯韦德盖洛甫!希孟德里克!立即过来!跑过来立即给我把 X 光室扫干净!如有必要,动武也行!扔炸弹进去,我才不会介意呢!带纳斯博姆医生到电梯去。不,到公共汽车站。你们把我们的耶路撒冷变成了名副其实的疯人院!先生们,正如你们所见,有时候我也够吓人的,像一个食人生番,一个泼妇。这就是我,你们认识的我。我一会儿就气消了,并且也……算了,忘了它。再见,再见,再见。"

我最终未能赶上这一班公共汽车。然而，我丝毫不怪罪撒摩法尔。我坐在停车站的椅子上等候了近一个小时。整个城市以及整座山冈一片不可思议的沉寂。老城的宣礼塔和清真寺，新城自灰色山坡蜿蜒而下的房屋，洋洋洒洒的瓦顶、空荡荡的田地、橄榄树，整个耶路撒冷明显地罕见人迹。只有我身后树林吹拂的风，只有英军墓地里平和的鸟语。

山的另一边是绵绵沙漠，似在我的脚下蔓延。

一处山石嶙嶙的地面，似已被人淡忘，随处可见遗弃的报纸、蓟丛、锈铁。这是石灰岩（或者是白垩地层）构成的荒地。换句话说，从观景的角度，斯格帕斯山是迈向沙漠的门槛。我与沙漠之间如此接近，这使我惶惶然。那边是一个凄凉荒芜的山谷，岩石在太阳下煎熬，朽木任风随意雕琢，石缝中虫蝎出没；光秃秃的山冈上，怪异的石垒小屋和宣礼塔随处可见，这是最后的村庄。对面的约旦山谷里是《圣经》记载的苏美尔城市群遗迹[①]，我的那位英国香客将之甄别为贝瑟杰西莫、阿贝尔希提姆、贝瑟哈拉恩、尼姆里因（可能是古代的贝瑟宁拉）。在这些遗址上遍布贝都因部族的营地，羊皮帐篷，黝黑的牧人个个腰别短刀。正义是要通过血腥获得

[①] 古巴比伦南区，城邦国家文明发源地之一，公元前3000年达到其发展顶峰。

的。爱与恨，恐惧和死亡，这就是沙漠再简单不过的法则。这里生存着一种有毒的蛇，是《圣经》所载的角蝰。米娜，身处离沙漠如此之近的地方，我是多么地颤栗不已。

是啊，请原谅我。其实还在海法的勒夫哈迦密咖啡馆品尝草莓冰激凌的时候，你就已经听过我此类描述。你一定记得的。你曾经斥之为"维也纳式的庸人自扰"。我不否认，真是庸人自扰，也许就是维也纳式的庸人自扰。

我是否也曾经告诉你这些？

还是孩提时代，我从窗前可以看到运河，河里漂着驳船。夜里，间或也有嘈杂不堪的假日游船经过，绚丽的灯光乱晃。河上架着两座桥，一座拱桥，一座则是现代桥。或许，在你的学生时代，你曾偶尔经过这些地方，又或许我们曾经在街上擦肩而过。一夜又一夜，我看到肺痨病的街头艺术家在吞云吐雾，咳嗽不止，似乎在咳嗽的痛苦中麻醉自己。他们朝水沟里吐一口痰，又接着吞云吐雾。此情此景令我难以忘怀。码头上有一排街灯，照得水面熠熠生辉。浑浊的水上飘着一股臭味。皮条客在老桥的一角游荡。在一间名叫"疲倦者之家"的客栈（首层是酒馆），我总是看到一些学艺术的学生和各式各样的女人（其中一个曾经站在那里无声地哭泣，频频跺脚）。暖和的夜晚，绅士们四处游逛，似在寻找灵感，似沉思，似无望。兜售纪念品的小贩沿着商铺叫卖，正如我父亲曾经嘲讽过的那样，"无异于向爱斯基摩人兜售冰棍"。每隔一个小时，我们都可以听到附近教堂传来的钟声。我记得教堂门上用四种语言（拉丁文、德文、希腊文和希伯来文）刻着"回头是岸"（其中只有希伯来文是用怪异的字体刻写的，还有错别字）。教堂隔壁是一家由两个犹太造假高手吉普斯和卡特齐合开的古玩店。米娜，你记得吗，我们一起到迪加尼亚之时，我在谷区火车上与你说起过此事。当时你笑了，怪我滥用想象特权。当然，你没有责备我的意思。

可是，你错了。吉普斯确实存在，卡特齐也存在。我现在把这事写下来，是因为我觉得已经到了有责任坚持这一点的时候，即使你觉得矛盾，事实为上。在写下"事实"一词的时候，我停了一下，有点犹豫。米娜，何谓事实？或许是，我没有因为耶路撒冷放弃维也纳。或多或少，我正在被摈弃出局，即使我想到此种摈弃将是对我余生的摧毁。但是，事实是它给我赢得了八九年的生命，可以使我看到耶路撒冷并与你相会，从那里一直到玛拉奇街，到斯格帕斯山，几乎直抵沙漠边缘。假如我不害怕使你生气，我用的词将会是"荒谬"。你与耶路撒冷，耶路撒冷与我，我们与先知、国王以及英雄们的继承者。我们翻开新的一页仅仅是为了在古老的精神恐惧中添上一笔痕迹。我的孩子,也就是邻居的孩子尤里有时会给我读他自己写的诗。他信任我,因为我不会取笑他,还因为他认为我是一个秘密的发明家,一位由于卷入某种阴谋而低调生活的人,一位为希伯来国家完善秘密武器的人。他写的诗是关于十个失踪的部落、希伯来骑兵、伟大的征服以及复仇的行动。毫无疑问,某个小教师和某个企盼复国的弥赛亚疯子以拯救耶路撒冷民众的预示,混以波兰式的或哥萨克骑兵的浪漫狂热抓住了孩子的想象力。有些时候,我也试图动笔写下我的教育故事,写阿尔贝特·施韦策[①]在非洲的故事,写路易斯·巴斯德[②]和爱迪生的生平,写可爱的杰纳兹·科察克。一切都落空了。

屋顶上的洗衣房里,尤里用旧冰箱部件和旧自行车零件拼造了一架火箭。火箭瞄准伦敦的国会下院。我个人要对推迟火箭发射负责任,因为这取决于我,取决于爱因斯坦博士、浮士德博士、歌革和玛各[③],取决于我的实验室里秘密燃料和希伯来原子弹的配方。

[①] 阿尔贝特·施韦策(1875—1965),法国音乐家、神学家、哲学家和医生,1913年前往非洲,在蛮荒丛林中行医达50余年,于1952年获诺贝尔和平奖。毕生致力于人道事业。

[②] 路易斯·巴斯德(1822—1895),法国化学家。

[③] 歌革和玛各,预言中受撒旦迷惑必将作乱的民族。

他常常在我的实验室逗留几个小时，沉迷于我那巨幅德国地图。他文静、有礼、干净、整洁。他对我的话极为尊崇，但对我讲话之缓慢稍有微词。他在地图上（自然是经我允许）插上小旗，跟踪进军轨迹。他组织模拟进攻，把一批希伯来准军事部队放在苏伊士运河以及红海沿岸，成功地俘获了克里特岛和马耳他的英军舰队。偶尔我也被邀请参加他的游戏。这可是不一般的游戏，已经超过了游戏的内涵。我担任不义的阿尔比恩的角色，酝酿黑暗阴谋，在达达尼尼和吉布罗陀海峡以及红海海口进行无可挽回死亡命运的陆海后卫战。最后，我不得不按照对方条件投降，把整个东部割让给了希伯来王国，并且通过谈判，划定势力范围。我得同时公开承认，由于有证据表明我曾在战场出现过，因而输掉了有影响的外交战。这是建立军事联盟的先决条件。我们两国，以色列王国和大英帝国，将共同展开清剿沙漠部落的行动。我们将两翼配合运动，向东挺进，在地图的边角与十个消失的部落前方巡逻队遭遇。在我的同意下，尤里用蓝色铅笔在辽阔荒芜的中亚喜马拉雅山脉某地划出以色列王国。

游戏不太适合我的口味，但我还是义无反顾地参加了，偶尔在内心还感到震惊，这是一个了不起的孩子，奇怪的孩子，也是我的孩子。

"纳斯博姆医生，"尤里说，"假如您再感觉不舒服，请您告诉我。我可以为您做晚饭，去蔬菜店为您买菜，到齐亚戈尔那里帮您买您需要的一切。只要您告诉我就行了。"

"谢谢你，尤里。没有必要。不过，在厨房碗柜里有巧克力，你自己去拿吧。那里还有些杏仁。吃完你就该回家了。不要让他们为你操心。"

"他们才不管我呢。只要我愿意，我可以留在您这里过夜，帮您看实验室。您可以去睡一会儿。妈咪和爹爹疗养去了，家里除了纳塔利亚伯母没有其他人了。她不会给我们惹麻烦的。她自己的事就够多了。只要我愿意，我就是在屋外待上一晚也没有人会管我。我在这里静静地陪您，好吗？"

"你的家庭作业做完了吗？"

"做完了。伊曼纽尔医生……"

"你想说什么，尤里？"

"没什么，只是……"

"尤里，你想问我什么事？别害羞，问吧。"

"没事。您一直……一个人吗？"

"是啊，但最近才是。"

"您有兄弟姐妹吗？您有没有想过……结婚？"

"没有。你干吗问这？"

"我不知道，只是因为我没有。"

"没有什么？"

"没事。我是说没有兄弟姐妹，并且我……我不需要任何人。"

"这不一样，尤里。"

"一样。您不要认为我是愚蠢的小孩。我很蠢吗？"

"不，尤里，你不蠢。"

"那就好。我是您的助手，您和我之间有个秘密。"

"自然啰，"我说，并没有笑，"你该走了。假如你愿意，明天再来实验室待上一段时间。我教你如何减少元素的某种成分。这是一堂化学课。如果他们在家问起你来我这里干什么，请你告诉他们来上课好了。"

"好的。相信我，我不会说的。我会按您说的是来上化学课。别担心，伊曼纽尔医生。再见。"

"尤里，等一等。"我有点迟疑地说，"就一会儿。"

"好。"

"拿上你的毛衣。晚安。"

他离去了，是从后台阶走的。从阳台上我可以看到他在灌木丛中的秘密通道。我的心中不禁一阵抱歉。我都做了些什么？我可是疯了？不会吧。而后又想，他只是邻居的孩子，不属于我。我的病尚未恶化,但这种关系结局必将不佳。对不起,米娜。你必然会对这种奇怪的关系嗤之以鼻。你是对的,一如既往。真是对不起。

1947 年 9 月 3 日,于耶路撒冷

亲爱的米娜：

在达希金教授那里以及而后在斯格帕斯山的时候，我就应当告诉他我决不会接受他关于莫谢·歇托克以及波尔·罗科克的说辞。毕竟，这些来自弱小孤立社区的可怜代表几乎两手空空。而我应当告诉犹太人代表处那位工程师最好放弃他们关于神秘武器的无稽幻想，开始头脑清醒地为英国军队撤离以及日益逼近的战争做好准备。我应当准备投入战斗（请原谅我使用如此夸张的表达），为我的孩子，也就是我邻居孩子的灵魂投入战斗，坚决制止他的征服游戏，把他请出我的实验室，以明白易懂的道理打消他的哥萨克《圣经》老师显然已经灌入孩子头脑中的浪漫梦想。

然而，不可否认，如此浪漫之想有时也在我脑中占有一席之地，尤其是夜间当疼痛袭击之际。昨天晚上，我协助装扮成天主教士的魏茨曼博士趁夜秘密潜到达牛博的一座桥上，将几瓶带有瘟疫杆菌的药剂倒进河里。魏茨曼博士说，其实我们全都已经感染，我俩都已不存希望，只是假定我们能够活着看到我们的死是在报复之后。我试图规劝他，提醒他说我们一贯不屑此类言辞，可他对我变了脸，冷酷地对我翻白眼，称我是"斯韦德盖洛甫"。

清早，我又来到阳台。院子对面，邻居的窗里还亮着灯。地方市民防务委员会的成员之一、汉莫克谢公共汽车公司的司机泽乌伦·格里尔在厨房切香肠，也许是在做三明治。我也把水壶放在炉子上煮刮脸和冲咖啡的热水。倏然，我心中出现一种奇怪而不相关联的词句，一如粗俗的流行曲，不愿消失：肉体上的一根刺，我是她肉体上的一根刺，我们是他们身上的一根刺。

亲爱的米娜，我必须记下另一个尚未与所有其他迹象连在一起的坏迹象。我第一次衣带不解就在沙发上陷入沉睡。深夜两点时分，我衣衫不整，头发蓬乱地醒来把自己拖上床。因此，我必须抓紧时间。

"放学后我一个人去了特拉扎树林，"尤里说，"我给您带来了一瓶蜂蜜一样的树浆，是拗断松枝后流出来的。您好，纳斯博姆医生，我忘了进门时先打个招呼。没有人跟踪我，因为我在路上小心地绕了几个圈。这种树脂像松节油的味道，只是样子不同。我建议，这是我在回来的路上想出来的，我们可以把它和一些汽油混在一起，加点醋，然后点燃，看看它是怎样爆炸开的。"

"尤里，我建议今天我们改变方式，做一些完全不同的事。让我们把窗户关上，放松一下，听听留声机播放的古典音乐。听完后，如果你想问一些关于音乐的问题，我乐意给你解释一些音乐术语。"

"音乐，"尤里说，"我们在家里从妈妈和她的钢琴上听得够多了。我看得出来，伊曼纽尔医生，您今天不太舒服。我明天下午或者星期六上午再来可能好一些。我会自己按您实验室桌子上的记录本写的用硝酸盐或其他材料做实验。那叫什么名字？是硝肟酸和硝基苯吧？对不起，我不应该催您说，只是您说过我们要抓紧时间的。"

"我说尤里，我不否认我是说过，可那只是在游戏时说的。"

"因为要保守秘密，所以您才说是游戏。您别说您真认为只是游戏，因为我看得出您不是这么认为的。不过没关系，我找时间再来吧。"

"可尤里……"

"如果您生病了，我这臭嘴，我就跑去叫奇普尼斯医生。如果您没事，我十分钟内就把做实验的试管洗好，特别是把酒精灯点上。或者我现在就回家去。还有，像我们约好的那样，只要看到您洗澡房门帘上掀开一条缝，我会随时来向您报到的。好了，再见，伊曼纽尔医生，保重。如果您突然有事我该怎么办？"

我是否有力量，我是否有权利对这孩子的心灵施加影响？

我对儿童教育完全外行。

院子里，格里尔家的孩子在伏击他，取笑他。我听不到他们的话，即便听到，我也不可能理解他们的行为。我只听到他们邪恶的笑声以及尤里勇敢的沉默。

我该做点什么呢？

我坐在阳台上给你罗列清单，既无法兑现，也不会有结论。对不起。

此刻，屋外已近天黑。我又从书房搬出台灯，以便在夜空下给你写信。第一颗星星很快就会出现，这几乎是我仍然可能预期的照明。在耶路撒冷，即使像我这样的人，或许是可以暂时委以信使之任的。

飞蛾在灯前飞扑。我暂时停住笔，去用最原始的方法煮一份咖啡。我在开水里倒上黑咖啡粉，不加牛奶，也不加糖，但有饼干可吃。我又一次感到浑身乏力和晕眩，喉咙涌起一股酸水。我吞下一片药片，又打了一针。真是抱歉，米娜，我在诉说这些烦人的生理痛楚与信上要写的却丝毫无关。

可手头要写的又是所为何事？我究竟要写什么？

那才是问题所在。

或许是，邻居的孩子把尤里无助地关在屋外，使他像受了惊的猫爬上桑树。我应当介入，去保护他，或者去告诉他的父母？他的父母并不在家。或者告诉他的伯母，那位来自基布兹的纳塔利亚？不必在此时，晚一点吧，在孩子入睡之后，去和她谈，做些解释，提出忠告，也表示歉意。

多么荒谬。我该说什么？作为一个陌生人，我又如何能深夜去登门造访？

我将继续观察。此刻，那些追赶尤里的孩子已经越过坍塌围栏，向他发动突击队式的袭击。他们围着院子追逐，从地窖，从斑驳的门厅，一直追到旱得快要枯死且布满灰尘的灌木丛。这还叫追逐吗？这几个孩子都有沙漠拯救神的名字，分别是勃兹、约伯、吉德安、伊胡德和耶胡瑟。天尚未完全黑下来，还有一丝光线，我可以从阳台上揣摩出他们的游戏规则。这是一场空袭，他们扬起双臂，形成箭头式的机群，上半身弯曲向前，装扮成战斗机踩着脚向前俯冲，一如展翅的雄鹰，口里发出爆炸声、引擎的嗡嗡声和打机关枪的突突声。他们中有一人偶尔仰头向我的阳台望过来,发现我在台灯前静静地写东西,拿起无形的机枪向我扫射,喝令要消灭我。我接受了。

我举起双手作投降状,甚至咧嘴笑了,当然,是傻笑,是为了奖励他以胜利者的喜悦。但是勇敢的战士并未接受我的投降,他愤怒地拒绝了我,无视我的微笑和举起的双手。战争遵循的逻辑是一视同仁。我已经被消灭了,也就再不存在。他继续前进,飞过去把最后的犹太敌人一扫而光。

这是个星期五的夜晚,身穿廉价服装的犹太人手臂里夹着祷告书经过我的阳台,到忠实剩民会堂去迎接安息日的到来。他们或许对这些孩童飞机暗自发笑,满意地悄声自语着"看这些小异教徒"。

整个夏天,这些孩子都在烈日下暴晒。无须赘言,我尽到了自己的责任。我不止一次告诫这些邻居和他们的家长,暴晒对皮肤有害甚至影响正常发育,但也枉然。这里的定居者,传统教派的店主们、市政官员和犹太人代表处的长官们、难民们、思想家和集邮者们、教师们以及职员们,都别无二致地同意渐进式日光浴与教义精神并无冲突。或许在他们的想象中,有一身古铜色皮肤的犹太儿童将不再是犹太人,而是自动成为了希伯来人。强悍的新种族。不再胆怯,不再受指责，不再以金黄色和银白色牙齿为荣，不再是汗手和厚重的眼镜后面闪着的双眼。在这种多彩的掩饰下，人们已经从遭受惩罚的恐惧中彻底解放。但是我必须在此写下一句有保留的话，我丝毫没有领会动物学或是人类学的精义，因此这里所发生的与某种蜥蜴类动物（恕我不记得它的名称）的保护色机制毫无可比之处。

然而，我将记下我的私人观察。

耶路撒冷，克利姆阿夫拉罕姆，二十世纪四十年代中叶：伯纳姆生了齐斯恰，齐斯恰又生了弥耶特克，弥耶特克生下吉奥拉。生生不息，一切从新的开始。

无论如何，我看不到此种努力有何益处，这自不必说。在夏季即将结束之际，克利姆阿夫拉罕姆到处可以闻到东欧移民的气味，一种发酸的气味。假若我想试图分解味的成分，那就是汗臭、鱼腥味以及他们炒菜用的廉价油味，精神性消化不良。由于压抑的贪婪，邻居中酝酿着一个小小的阴谋。希冀与恐惧同在。到处是半堵的排水管。他们的内衣——尤其是女人的内衣——在晒衣绳上到处乱挂，充满猥亵神灵的气氛。我将之形容为"清教徒习俗"。在每一个窗台上都放着腌制黄瓜的旧酱坛子，黄瓜在混杂蒜头、茴香、芫荽和月桂叶的酱汁中漂浮。这是否会成为许多年后人们带着希冀回忆的地方？当那一天到来时，人们能否带着怀旧之梦在这里回忆锈迹斑斑的浴盆、坍塌的围栏、粗糙断裂的混凝土墙、斑驳的胸像、铁丝网、蓟丛，还有移民的气味？我们又真的能在即将到来的战争中生存下来吗？何事将要发生？米娜，或许你能给我建议，给我安慰。不能？在今天早晨地下运动的短波电台里，他们播放了一首煽情的歌曲，歌中唱道："我们将一同登上高山/向着黎明之光登攀/我们将昨天抛在身后/而明天遥远漫长。"米娜，这里就是高山，我们则在群山之中，在犹太移民之中。我们仅存最后一点气力。明天在歌中，那不是为我存在，对此我极为清醒。但对你为我所生并因我藏匿在杰兹里尔山谷某个基布兹的我那亲爱的孩子，我的爱与恐惧是那样的直接，那样地不顾一切（请原谅我如此表达）。他将如何生存？在我想象中，他干瘦、黝黑、赤脚，甚至在他的梦里都是水龙头、螺丝和齿轮。

或是像尤里？

看呐，我已经如达希金，眼里充满泪水。突然间，我也成了俄式茶炊。你该明白，我的悲伤并非为我将死，而是为人民，为他们的孩子以及周围的群山。何事即将发生？我们做过何事，现在又要做何事？真是焦虑。你别这样笑。

星期五晚上。各家厨房都在炮制酿麦鸡脖子、灌肠以及酿辣椒。穷苦人家则吃廉价的芥末灌肠。至于我,无疑只有生菜和水果。意第绪语的争吵声、叫骂声时不时从一个阳台传到另一个阳台。

这就是现今的耶路撒冷。

人们说,在加利利,在谷区,在沙龙和内盖夫的边远地区,出现了一种新的变化,农夫用一种新的语言说话,简练、挖苦、率真、专一。

我不晓得。

你该是知晓之人。

两年半来,你一直在基布兹游荡。你身穿咔叽长裤和胸前有大口袋的男式衬衫,在农夫们蓬头垢面的卡车里周转四方,摘记、访谈、谋划对比、编撰统计。你睡在拓荒者的小屋,和他们分享简朴的生活;或许你还以他们的语言对话,你甚至还爱着他们。

作为一位刚毅不拔、不畏艰难的女人,你毫不妥协,在那些营地里出入,丝毫没有尴尬之感,收集了大量社会心理研究的原始材料。你掐灭香烟的劲头,就好像你把图钉揿在桌子上。你未等前一根香烟熄灭,接着又燃起一根,根本用不着划火柴,或者只是划燃火柴,近乎愤怒地来回挥动。你单刀直入,按照小卡片上的题目谋划土生土长的第一代的梦想:"集体教育产品中行为与标准思维的模式。"米娜,对那些儿童,我给予由衷的赞赏;赞赏也给予他们那具有开拓精神的家长,他们的热忱,他们那默默无闻的英雄主义精神和钢铁般的意志,以及他们得体的举止。

也给予你。

米娜,我脱帽向你致敬。

那就是说——算了吧——一个维也纳人的手势。我已经为之感到懊悔。

至于我——我是什么人?

一个孱弱的犹太人,为迟疑的性格所折磨的人,专一但多虑。现在则是身罹重疾而一无是处。我所能做的小小贡献只是在耶路撒冷,在来自俄国和波兰的中下层移民邻居中。我已经立志战斗,只要一口气存在,我都会不计时间,有时连夜间也坚持工作,不懈地与白喉和痢疾的危险抗争。

再有就是我对化学的兴趣。我研究自制炸弹。这很可能是尤里可以看到而我拒绝看到的结果。或许,在我心中已经形成大规模生产自制爆破物的配方,或许至少可能在这一领域随时向哈格纳提出启动生产的建议。今晨稍早的时候,我想到我们拥有为数不少的化学盐,如氯化钾、硝酸钡。任何渗水性材料,如白垩或者木炭都能够吸收液态氧。我必须打住，莫再如此叙述细节。我心沉重，因为我并不想为生产爆炸物提供配方，也不想因此为战争作些什么。可尤里是对的，因此我有责任这么做。但是，米娜，我悲哀，难过之极。我的行为可能使我蒙羞。

我也曾试图抗拒这种责任，甚至采取了某些步骤。我是指初夏时节，我曾经与一位阿拉伯朋友做过一次深刻的谈话。他是我的一位同事，来自卡塔摩恩的马迪博士。需要我谈及细节吗？诚然，我们都憎恶流血，但我们之间不大的分歧却是泾渭分明。我的辩解，他的诉求，无论从哪一方面，都是一场历史性争论，一场道德的争论，一场实用的争论；他坚定，我迟疑。我得再试一次。在这个夜深时刻，我必须请求他安排我会见耶路撒冷阿拉伯委员会的委员，请他们重新考虑。我仍有一两个要与之争论的问题。

只是我的心在告诉我，说也枉然。你必须抓紧。尤里是对的，地下运动的短波广播也是对的，那就是："要么死，要么去征服高山。"

我并不否认，米娜，一如往常，我感到惊恐万分。

同时，我也为我的惊恐感到羞愧。我们都不要为孱弱的肌体而裹足不前。正如比阿力克所说，在奴役中死亡，让他们在梦中获得满足；洋葱和大蒜充足，美食满钵。我只是凭记忆引用他的话，因为比阿力克的诗集在五六步之遥的书架上，我无力起身去取。不过，我极力反对关于洋葱和大蒜的说法，就我而论，你应当了解我的梦，我需要的是野性甚至是粗鲁的女性——就是这样；来自贝都因的谋杀者和牧羊女——也在我梦中；还有我父亲对着律师的那张脸；有时候也对河流和森林充满希冀，但绝不是洋葱和大蒜。在他的诗中，我们的民族诗人弄错了，或许他故作夸张，以图唤起人民的激情。请原谅我，我又一次越过我的知识范畴，谈论我并不内行的诗句。

而你也在我的梦之中。你在纽约，身穿青春衣裙，在某个铺砖的广场上漫步（这使我想起特拉维夫的莫沙沃特广场，那里有一道防波堤）。你站在风尘仆仆的吉普车旁边，叼着烟，监督阿拉伯民夫搬运用来围剿希伯来社区的武器。你是在执行公务，在进行秘密使命，在为效率或者道德耻辱心跳不已。"你应当感到羞耻，"你责备我说，"在这样的时刻，你怎能这样做？令人作呕。"我承认，我沉默，我退缩，一直退缩到防波堤的末端。我听到远处的枪响，如水中的浮尸做出反应，刹那间在心里认同了你的所说。是的，你说对了，我怎么能这样做？我必须立即去，就现在这个样子，不带提包，不穿外套，在这个非常时刻。

羞辱已非我所能承受。我在疼痛中醒来,吃了三片药。我再次躺下,清醒至极,警醒不已。我听到屋外有一只夜鸟,就在窗棂之外,在离我约两尺之遥的树枝上发出凄厉的尖叫,一种自以为正直者受到伤害时发出的哀鸣,反反复复地发出抗议:阿呜,阿呜呜……阿呜,阿呜呜……

1947年9月5日,又是傍晚

亲爱的米娜：

对我来说，要拒绝这个孩子并非容易之事。

他整个上午留在这里，一丝不苟地抄录地图索引，描画攻占俯视耶路撒冷北部山脉的军事计划，在自己的地图上标出交叉路口和战略要津。在另一张纸上，他将暴风部队部署在耶路撒冷每一座重要建筑物上，如中心邮局、大卫王酒店、广播站、俄国大楼、斯奈拉兵营、基督教青年会大楼以及火车站等等。我躺在沙发上，一直不见他来打搅。他瘦削，一头金发，虽然行动不甚灵活，为人腼腆，但一双碧绿的眼睛充满渴望之情，举止毫无瑕疵。他曾两次中断游戏，给我煮咖啡，为我扯平毛毯，替我把满是汗水的枕头换掉。临近中午，他才不无歉意地请我评价他的杰作。我有我的原则，可还是对他的杰作颇为欣赏。

尤里说："我要回家吃午饭了。您要好好休息，晚上才有力气做实验。伊曼纽尔医生，我把马多西安香烟盒留在这里，里面有四粒真子弹,我们可以从里边取出药粉。我在袜子里藏了一枚手雷的撞针,有点锈,本来就有的。我拾到后觉得对您有用,就带来了。我在楼顶上数了斯奈拉兵营棚子里的坦克,一共有七辆,是克伦威尔型的。伊曼纽尔医生,如果把糖放进引擎里,坦克真的就会完蛋吗?"

他的眼睛里再次闪现激动的亮光,旋即又消逝了。他仍旧信任我,耐心却开始动摇:"您需要多长时间做这样的试验?一整夜?再长一些?大约到十二月伊尔根和斯特恩组织就要在城里的敌占区开始爆炸行动了,因为英国人已经向海法调动军队了。"

我笑道:"可能还需要一个协定,尤里。我通过报纸了解到,美国人要在沙暴停止以及阿拉伯人开始适应犹太国家的理念之后才会同意管理这个国家。仍然会有这种可能的。你为什么这样热衷战争呢?我已经不止一次向你解释,即使你打赢它,战争仍是一种可怕的事。也许我们要设法避免战争。"

"您并不是真的这么想,只是因为我还是个小孩,像我爹爹一样,您希望我能提高思维方式。可是光靠说不行。很对不起,眼前的一切都是战争。"

"假如你不介意我问你,你是怎样得出这么概括的结论的?"

他以不相信的眼神盯着我。他双手深深地插在短裤口袋里,站起来走到沙发跟前,斜靠着我用颤抖的声音说:"我不是告密者。您可以坦白地对我说话。真的,一切都是战争。原因可以从历史中找,从《圣经》中找,还可以从自然界和真实的生活中找。爱就是战争,连友谊也是。"

"你接触过爱情吗?"

他沉默。

而后他又说道:"伊曼纽尔医生,请您告诉我,在美国是不是有个犹太教授发明了用一滴水制造的巨大的原子弹?"

"你说的无疑是氢弹。这超过了我的知识范畴。"

"那好吧,别告诉我什么事了,那是我不该知道的军事秘密。重要的是您真的知道这事就行了。任何人也甭想从我嘴里得到一个字。"

"尤里,你听着。你完全理解错了。让我向你解释一些事情。仔细听着。"

他无话。

我不知道该向他解释什么,用什么样的语言解释。

不是真话。

真话是我害怕失去他。他穿着短裤,腰上的军用皮带扣闪闪发亮,他那柔软的小手不止一次轻轻搭在我的前额,看我是否流汗,是否发烧。

我又一次作了让步,开始向他解释什么是连锁反应,并以图解术语告诉他物质与能量的关系。很长一段时间里,他聚精会神,默默地听我讲解。我告诉他广岛的故事。他的眼睛盯着我的嘴巴,鼻孔喷出热气,似乎已被来自广岛那遥远的熊熊烈火点燃。他现在才真的崇拜我,全心地给我爱。

他的热情也使我感到释然。忽而,我感到我可以起来了,想邀请他到我那小小的实验室去。我忽然有一股教师的激情冲动,点燃了酒精灯,向他演示简单的操作:水、蒸汽、能量和机械动力。

"这就是整个原理。"我愉快地说。

"伊曼纽尔医生,我的嘴封住了。我不会说的。哪怕英国人逮捕我,折磨我,也甭想从我嘴里得到一个字,因为我从艾佛莱姆·内哈姆金那里学过保持沉默的方法。他们不会从我这里得到您告诉我的事。您可以百分之百信任我。"

他那绿色的眼里又一次闪现美丽的亮光,又随即消失了。我的孩子。

他终于告辞并且答应明天下午再来。他说,即使在深夜,只要他看到我的卧室窗前亮起一丝灯光,他也会立即溜出来,走到我的跟前。他将随时应召而来。再见。

很抱歉,当他已经离去,我忽然与你展开了心灵的争论。我想评价一下第一次见面时我的表现,回顾一下两年前我到阿扎疗养院休养的情景,那是一九四五年夏天。那时,我错误地认为早上突然发病是一般疲劳所致,并下决心彻底放松。这时,你闯入我孤独的生活。我记得——如果能够这么说的话——是我向你发难。

亲爱的米娜,假如你对我这样写介意的话,就请略去下面几行字。

请你用这样的角度看看问题:一个单身汉,一个财政状况有保障的医生,偶尔也收到拉马特甘的糕点食品商人父亲的汇款的人,平时支出极少,仅仅是为数不多的租金、简单的衣着以及与时代和周围环境保持一致的食品和因为科学爱好的零星花费,但几无积蓄。

更有甚之,在一段时间里,他经历了某种疲劳症状以及早咖啡之前的轻微头晕。一位医学界同行诊断为早期溃疡,要求他彻底休息。此外,他保持了年轻时的欧洲生活习惯,将夏天作为休假时期。

因此,在耶路撒冷后面的阿扎山上,出现了一个完全放松的纳斯博姆医生,身穿轻薄的夏季外套和一件敞口的蓝色衬衣,坐在随风絮语的松树下的书桌椅上,随意翻阅雅各布·瓦塞尔曼①的小说。林间小道铺着细粒砾石,每走一步都会发出清脆的嘎嘎声,这使他感到心情舒畅,并对往事浮想联翩。身后的大楼里,留声机在播放劳工歌曲;附近的吊床上,一位在社区和劳工界都有影响的人物在假寐,清风轻轻地翻动他胸前摊开的报纸。纳斯博姆医生丝毫不想等候这位公众人物醒来,以求相互交谈,增加各自的印象。

一位名叫贾西米的保健护士在休息的疗养者中巡行,向他们分发鲜榨橙汁和饼干作为上午的点心。这位贾西米是一位精力旺盛、健美丰满的姑娘,健康黝黑的双臂和玉腿搅起纳斯博姆医生的心中欲望。朴实无华的东方女性引起他阵阵生理反应。他婉言谢绝了橙汁,只是想和贾西米轻松地调笑,但要开口实在不易,一如以往遇到这种情况一样,声音都变了。贾西米在他身边打住脚步,俯身理顺他夹克外的衬衫衣领。他偶尔窥视到她的乳房,不由使他色胆大增。还是在维也纳的学生时代,他可以一口喝下一杯白兰地,然后以酒壮

---

① 雅各布·瓦塞尔曼(1873—1934),奥地利小说家,生于德国,其著名小说《世界的幻想》在强调道义和塑造人物方面与俄国小说家陀思妥耶夫斯基有相似之处。

胆，说出一些带色的话。因此，他用变了调的声音解释不要橙汁的理由，含含糊糊地暗示有违合法寻欢的那种违禁之事。她并不明白他的暗示，又似乎并不急于再进一步。她一定是想了解这位穿着薄衬衣和满头银发的绅士究竟有没有吸引力。或许她认为他知识渊博、为人可敬而且谦逊。或许她能够猜度到他如火欲念，笑着问他除了橙汁之外她能为他做点什么，只要他提出来，贾西米说。没有回答。他只是礼貌地笑了笑，他想要的东西她不可能在这里给他，不可能在周围这么多其他疗养者面前给他。贾西米佯作发怒，脸刷地红了，黝黑的皮肤显得更加黑，她笑得肩膀打颤。"如果您想那样，那就喝了我的果汁。"此时，他趁玩笑正热，建议她再想想其他诱人的建议。她仍是不明白他所指何事，只是稍稍后退了一步。"比如咖啡。"他怕一时做得太过分，就迟疑地补充道。贾西米想了一会儿，仍然不甚确定他是否真想要杯咖啡，或是仍在开玩笑。在清澈的夏日空气中，蜜蜂嗡嗡扇着羽翅，乌鸦呫噪，还有一架英军飞机轰鸣着向南，飞向远处的南伯利恒山丘。"我去为您冲杯咖啡，"贾西米说，"给您一点特殊关照。只对您。"

就在此时，你出现了。事实上你早已在那里了，一位在附近摇椅上神情严肃的女士，穿着简朴的夏日连衣裙，坐在那里打量我们。

"我能打搅你们的谈话吗?"你说。

转瞬间,我像是从巴格达闺房①返回,恢复了我的维也纳式的举止,赶忙说:"毫无问题,亲爱的女士,欢迎之至。我们只是在随意开玩笑而已。请吧。"

就这样,你劝我不要选咖啡,最好是选新鲜果汁。自从那天上午的苦涩经历,你已经发现这里的咖啡是人造品,是一种油腻的黑泥。我无意中了解到,你我并不陌生,你曾经在斯格帕斯山的哈达莎医院的为期一天的学术会议上听过我的讲座。我那天讲演的题目是关于巴勒斯坦的卫生与饮用水。我的幽默给你留下深刻印象。假如没弄错的话,您是纳斯博姆医生。没错,你一点也没弄错。我赶忙给你一个肯定的回答。

你接着说:"很高兴见到您。我叫贺米娜·奥斯沃尔德,简称米娜,阿德拉尔的学生。看得出我们都有维也纳背景。这就是我为什么决定介入的原因。请您不要饮用那种'健康咖啡'。我有个坏习惯,喜欢不经邀请加入谈话。对,护士,请在桌子上放两杯西柚汁,谢谢。你可以走了。我们刚刚谈什么来着?哦,对了,您关于饮用水的讲座很有意思,不过

---

① 指信奉伊斯兰教男人的妻妾居住的内室,严禁外人进入。

离那个学术会议主题太远了。"

你猜想我是会认同你的观点的。

自然地,纳斯博姆医生立即发自心底地表示认同。

此刻,贾西米听到下面嘈杂的声音,原来是那位工会官员在抱怨,说是半个钟头前甚至更久以前,他曾经要她(或是另外一位护士,这又有什么区别)为他接通一个给斯普林·扎克同志的加急电话,难道忘了?能忘吗?

你笑着朝他努努嘴,旁白似的对我说:"自我为中心,盛气凌人行为的发作,典型的小男人。到七十岁时一定是个攻击性极强的狂魔。"

我们转向轻松话题。遭受非难的贾西米已经离去。你把她叫做"野蛮孩子"。我在猜度你是否听到我与她之间的愚蠢对话,发觉自己暗暗希望你没有听到。

"我的反应和您完全相同,"你说,"只是从完全相反的角度。一个东方出租司机,或者甚至是也门的报童也能使我心理不平衡,当然纯粹是从物理角度上说。这'野蛮孩子'保留了或者体现出我们早就忘却的某种官能性动物语言。"

你肯定记得,纳斯博姆医生并没有因这些话感到脸红。没有,他只是脸色惨白。他清清嗓子,急忙从口袋里掏出刚刚洗过的手帕擦了擦嘴唇,喃喃地说他刚刚发现周围满是苍蝇。他再没有迟疑,迅速转变了话题,说起有关达希金教授的轶事。你会记得的,在哈达莎医学会议上坐在治疗椅上的那位教授。达希金教授把每一个人,包括医生、高级专员、犹太人代表处的领导人以及斯大林,总之,他认为这些人都是斯韦德盖洛甫。

"好一个奇特的人,"你冷冰冰地说,"但是纳斯博姆医生,你可以拿任何人,包括达希金、斯大林、斯韦德盖洛甫来转移话题。尴尬是由我引起的,该道歉的是我,而不是您。"

"千万别这么想,奥斯沃尔德医生,千万别这么想。"

"请叫我米娜。"你坚持道。

"好,很高兴能让我这么称呼你。叫我伊曼纽尔。"纳斯博姆医生回答说。

"和我在一起您感到不轻松吧。"你笑着说。

"绝对不会。"

"既然如此,那我们一起走一会儿好吗?"

你从摇椅上站起来,没有等待回答。我站起来跟在你身后。你带着我沿着砾石小道缓步而行,走进林木斜坡,走过柏树林,闻着树脂和腐叶气味,一直来到那棵由赫茨尔[①]博士

---

① 见第22页注①。

亲自栽种的著名树前（这棵树后来被阿拉伯人砍掉了）。在这棵树下，我们在夏天干枯的草地上发现一只刻着斯拉夫铭文的锈耳坠。

"这归我啦！"你突然志在必得地嚷道，恰如一个神采飞扬的高中女生，"是我先看到的！"

一时间，你嘴角露出狡诈的哭相，像是我要用暴力扒开你的手心把耳坠夺走似的。

"是你的啦，"我大笑着说，"即使我相信我先发现它。你要了吧，就算是我送给你的礼物。"

我忽而加了一句话："米娜。"

你看着我，但没有说话。或许看了我很长一段时间，默默无语。忽然间，你把耳坠丢进蓟丛，挽起我的手臂。

"我们是出来散步的。"你说。

"是啊，出来散步的。"我同意道，心里甜甜的。

我们之间发生了什么？你又如何看我？

不，我不企求答案。你现在是在纽约。我想，你一如往常，在玩命地工作。谁也不可能挑战你开始新生活的阵发性冲动。

那天在特拉扎，如果我想通过你的眼睛审视我自己，我就会变得明智一些。你看到在你面前是一个愁眉苦脸和行为审慎的懦弱男子,从外表上可以判断是一个相当孤僻的男人。顺耳听到他和那位叫贾西米的姑娘聊天的时候,你一定已经了解他是一个不乏声色欲望之人。正如我说过的,他也不难看,个子高挑、干瘦,在动感情或感到尴尬之时,脸色惨白,一派鲜明的知识分子固执脾性。他的头发已经开始灰白,但仍然浓密地覆盖在前额之上,也许还足以吸引注意力。或许他像一个无根的艺术家吸引了你,或许在你眼里是一个来自某个德语国家音乐学院的不平凡的音乐家,突然出现在西亚,一副沉默的颓废、无言的顺从、已经无路可退的样子。一个忧郁的男人,不过,在非比寻常的时刻,也表现出全心全意的激情。

简而言之,根据你的结论,他是一个对伯母俯首帖耳的孤儿。然而,就这么一个结论,你也只是在后来才说出。

吃午饭的时候,我们已经同坐一桌,一起谈论诗人戈特弗里德·贝恩[①];我们头碰头,像一对共谋者,在许多餐台中间寻找我们所订的席位。是贾西米为我们服务。她分神了,把矿泉水洒在我身上,我并没有抱怨。相反,当她俯下身的

---

① 戈特弗里德·贝恩(1886—1956),德国诗人,皮肤病医生,诗作充满表现主义的悲观情绪,主要作品有《陈尸所》等。

时候，她那坚实的乳房擦在我肩上，使我兴奋不已。透过她的白色罩衫开口，我瞥见乳房下面的蓝色脉络，就如在加利利找到的大理石的花纹。

我那色迷迷的眼光没有逃过你的注意，你只感到有趣，并开始取笑我。你询问我的独身生活。你问的时候，眼睑都不抬一下，就像是在询问我的衬衣购自何处。很明显，你作为心理学家的实习经历（在你献身研究之前）使你向我提问的方式并不像是新结识的正常交谈。

至于我，和平常一样脸色惨白，惴惴不安。但我决心不在这个时候回避你的问话，只是觉得要谈吐自如颇为不易。

"这一次您没有把话题转向斯韦德盖洛甫之类。"你对我毫无怜悯之心。

饭后，我们再次散步。这一次散步的距离超过了饭前，一直来到莫特扎小型农夫定居点的房屋前。我的孤僻，或许是我极度审慎的谈吐引起你的同情。你喜欢我，你以不容置疑的口气说。午后的山丘，阳光融融，柏树青青，在定居点的房屋周围天竺葵鲜花怒放；红的瓦顶，红艳艳的禾木，像来自特拉维夫的问候。一阵干爽的清风吹来。此刻，我们之间的交谈不再加人称，完全是维也纳式的。我们探讨性的欢愉、性与情绪的关系。你在谈及解剖与心理细节时，谈吐是那么非凡自如。或许，我的迟疑使你感兴趣，不过也一定使你感到惊奇。伊曼纽尔，我们毕竟都是医生，我们都对这些生理结构了如指掌，那你又何必尴尬。你是否暗暗祈祷，希望我转变话题？

十分抱歉，我的尴尬是由于希伯来语中涉及私隐的词汇贫乏，尤其是解剖学的词。好吧，就说是性器官，这些新造词似乎十分贫乏，也无生气。这就是我口齿不灵、词不达意的原因。你形容这种解释是小学生式的辩解。你并不相信我，当所有都已说过和做过，又有什么能阻止我转用德语或者使用拉丁术语？你还是不相信我。你毫不迟疑地把这些定位为心理压抑，潜在的清教徒观念。

"米娜，"我提出抗议，"请饶了我吧，我还不是你的病人。"

"当然不是。可我们是在互相了解呀。我们在一起散步，你为什么不问一些我的问题呢？"

"我还没有要问的。如果有，也就是一个，你曾经被人伤害过，被一个男人，也许是残忍的男人，也许很久以前，被他恶意伤害。"

"这是问题吗？"

"我只是……说出感觉。"

忽然间,你用双手强行抱住我的头。

"低下头。"

我顺从了。我接触到你的双唇。我偶尔发现,你的耳垂上若隐若现有个小孔,许是你曾经戴过耳环。我没有问。

你说,我对于你,就好像一块没有镜面的手表,是那么地脆弱,那么地无望,但又那么地令人同情。

你触摸我的头发,我则抚摸你的肩膀。我们在沉默中走着。夜幕正在降临,头顶上,一只猎鸟在黄昏最后一道光线中飞翔,是兀鹰?是猎鹰?我不知道。这是危险的迹象。只见疗养院的外边,阿拉伯牧人在吼叫。不远处是一座名叫克罗尼耶的声名狼藉、土匪出没的村庄。我们必须马上回去,我们周围到处是凄凉的黑色山石,夜色已经笼罩在卵石地上。在遥远的北方地平线上,在舒阿法特和贝特伊克萨,一颗流星划破天空,一阵闪烁,消失在黑暗之中。

晚饭后,一个来自布鲁姆剧院的通俗艺人出现在饭厅,用浓重的俄语口音讲笑话、逗乐子,拿虚伪的英人政府和野蛮的阿拉伯帮开涮。说到最后,他还在观众面前扮鬼脸。那位工会要人勃然大怒,脸红耳热地站起来,连连申斥,说在如此危急时刻,如此轻浮之举完全不合时宜。那位艺人退到房子里局促不安地坐下来,几欲落泪。观众席上鸦雀无声。

当主持人说"请自重"的时候，你突然爆发出一阵狂笑。你那英气勃发的笑声，立即引发周围令人惊奇的狂热反应。刹那间，人们随你大笑，或许是笑你？我们离开了饭厅。走廊和楼梯一片漆黑。我们几乎未经思索，相拥而行，悄声絮语。这一次用的是德语。你说你喜欢我。我们毕竟是成人，也都是自由之身。

在你的房间里，几乎用不着说话，规则就已建立。我还是那个在伯母面前俯首帖耳的孤儿，必须扮演一个无知、胆怯、害羞但顺从的小学生。可我十分感激，十分用功。你的角色是悄声指挥，我则默默遵从，恰似你在按照春宫抄本上的奇特脚本行事。你说这个地方，在这里，慢一点，用点力，再重点，停一下，现在，对，就这样……

亲爱的米娜，我们都是将那个夜晚当做我们的第一次和最后一次。你说，我们都是成人，你说，我们都是自由之身。可是，谁是成人？谁是自由之身？我们都是被一种力量所俘获，像是嫩枝漂流在河水中。或许因为我是被压服的，或许那天晚上在压服我之初你就已经决定，因此我觉得我是一个奴隶。可米娜，你通过我的彻底的臣服，也因此成为奴隶主。接下来的下午，激情重燃；又是一个夜晚，又是一场激情爆发；又一次……假期结束之后，你开始给在耶路撒冷的我寄明信片，只有唐突的命令：后日即到海法来；星期六晚上等我；到塔尔皮约特的凯特格罗伯特寄宿公寓来；我来和你共度节庆；告诉佛利茨他的斋戒快结束了；替我拥抱吉浦斯和嘎茨……

直到你教我称呼你为贾西米，教我释放禁锢的色欲，教我在寄宿公寓低矮的天花板下像梦幻般地享受巴格达闺房之乐，教我折磨与受折磨，高声尖叫。欢愉过去，我趴在你脚下，你则点燃香烟，甩去火柴，以精确的术语研究我们的做爱过程，似将军从战场归来一般分析战事，以备将来。

不，米娜，我没有哀伤，没有遗憾。相反，只有难以忍受的渴求，渴望得到你稀罕的赞词，也渴望得到你的申饬和你的讥讽，还有你的纤纤细指。我的贾西米，我现在已经是一个病入膏肓之人，已经时日无多。我已陷入你的掌握，由人说去。我已不顾一切地爱你，由人说去。

让我回到我记录下的地点和时间。正如我说过的，我在这里，在观察点。

耶路撒冷，傍晚，夏天即将过去，秋天显露踪迹。一个三十九岁的男人，因为严重疾病已经退休，坐在他的阳台上给女朋友（或是前女友）写信。他向她数说他的所见所想。目的是什么？什么是他的"主题"？我已经说过，我不知道。

日光已经消逝了一个小时又一刻钟，天尚未完全黑尽，我在休息。此时正是一个祥和的时刻。每一个星期六傍晚，耶路撒冷都有一个声响的奇迹，甚至连孩子们的嬉闹，汽车声、狗叫声以及远处收音机里女人的唱歌声，所有声音都融合在寂静之中，就连人们在道路上高呼，就连从圣赫德里亚方向传来断断续续的机关枪声，也都被寂静所包容。换言之，在星期六的黄昏，耶路撒冷沉浸在寂静之中。

此刻，近处远处，教堂和修道院的钟声已经开始敲响，它们也都包容在寂静之中。明天是星期天。此时，天空灰黑，云层中夹带着橙色的云块，是快速运动的秋天之云。有一群鸟飞过，可能是云雀。各色人群在玛拉奇街我的阳台下经过。一个学生手臂下夹着一摞书；一对金童玉女急速走过，他们之间保持大约一尺的距离，互相无话，但无疑是一伙的，却也心如止水。

对面，在则法尼亚街的角落，一个阿拉伯老妪坐在人行道上。她是一个农妇，跷着腿，几无动弹。在她前面是一个装满待售无花果的大铜盆。铜盆边上有一小摞铜币，无非是一些分币和角币，是她一天的劳获。她从远道而来，可能是歇伊克巴德尔，甚至可能是里夫塔或马拉。她显得那么平静，而今晚她还将长途跋涉以求归家。此刻，她在等候，嘴在嚼动，是薄荷叶？我不知道。她不久就要起身——我几乎说出起立——头上顶起铜盆，抬脚走向蓟丛和沙砾，走向黑夜。人行小道像精细的神经脉络，穿过田野，将整个耶路撒冷的郊区与村庄连在一起。一个行动迟缓但身体强健的妇人，祥和的心态与祥和的群山融合在一起。我默祷这种祥和。就在她迈步的那一刻，街灯的金色光线将普照街区，钟声也将随之停止，只有黄昏的忧郁留下。所有的门户都将关闭，耶路撒冷将沉浸在夜幕之中，我也将孤独地置身其中，迎候可能发作的病痛。那孩子真的会一直观察我卧室窗口可能出现的一缕灯光？他真的会从家里溜出来，来到我的身边，听候我的使唤？

这些想法的出现使我心里充满恐惧。不要这样。今晚我将孤独如斯。再见。

1947年9月6日，星期六，傍晚于耶路撒冷

亲爱的米娜：

我不知道用什么词语来形容我们曾经共同生活过的这片土地蔚蓝的秋日晨空。诚然，它预示西风将至，夜晚必定寒冷多云。整个早晨，天空一片湛蓝，远不能用一句话或一种颜色来形容。清澈，蓝得那么妩媚。高楼和林木在蓝色中豁然苏醒，使它们原本的色彩加倍明快，为希伯来语报纸和地下运动广播正在播放的新闻增加了生动的注释：对于任何挑衅，我们将做出双倍反应；我们决心将属于我们自己的捍卫到底。

秋日的早晨里，天竺葵繁花怒放，秋的蓝色洒在花园，洒在后院，洒在阳台上的橄榄罐和窗台盒里，也洒在耶路撒冷石上。今晨，它实实在在地"从墙上呼喊"，以强有力凝结的灰色呼喊，一如你的湛蓝的眼睛，连杂货店旁橄榄树上鲜花盛开的藤蔓也染满明快的深蓝。秋日早晨的天空，湛蓝得就像一个未经专业训练、也因为难言之隐不屑专业训练的业余画家过分渲染的画图。我禁不住要用《圣经》般的希伯来词句来形容,即便我并不理解这些词的精确含义如大祭司胸前的红宝石,如绿柱石、红榴石。

这个奇迹是否也属于清澈的沙漠天空?属于秋天的吐纳?或属于我的疾患?或者也属于即将来临的变故?我无法作答。我必须锻炼词句方能略表衷肠,因此还是回到信上吧。今日,面对眼前所见我有一种难以控制的企盼,似是重拾的印象,虽然它们已经逝去,或许已经逝去,再不能唤回。企盼如此强烈,以致使我觉得非立即做点什么不可,做点非常之事,或许穿上轻裘去漫步,去特拉扎树林,去观纺织娘教仔结网;去回味我儿时维也纳森林星期日出游之梦;去寻觅另一个秋之气息飘忽而来的感觉,另一个地方湖泊的气息、蘑菇之气息、无花果树枝头露珠的气息和皮革的味道;去体会假日远足者营火的烟味、鲜磨咖啡的香气。在邻居媳妇眼里,在特拉扎树林,今晨的我必定显得陌生。看呐,这就是出来散步的纳斯博姆医生,挺拔,正襟肃履,踩着松针独自微笑,似是恰好发现有趣的配方。

"早上好,纳斯博姆医生。今早可好?他们在犹太人代表处说什么来着?"

"早上好。多美的早晨,里特瓦克太太。我很好,谢谢。

您可爱的小男孩长得活泼吧？哦，是女孩？对不起，但一样可爱。"

"您知道，先生，我们可以用肉眼，而不是用心眼看到耶路撒冷阳光感到幸福。我们今天看到的阳光一定无法与明天给我们带来的相比啊。幸福属于等待的人。"

"太对了，内哈姆金先生，真是太对了。今天天气棒极了，很高兴看到您矍铄康健。"

"先生，既然您也出来散步，就请允许我陪您一起走走看看。有书为证，两个目击者的证词是有效的。"

只是这两个目击者都不太健康。我们很快就累了。我的邻居诗人内哈姆金先生说了声对不起，转身回家了，但没有忘记提醒我耶路撒冷不久将要发生历史性巨变。

我一如既往拐进卡皮坦斯基兄弟奶吧去享受一顿素食午餐，一客番茄汤、两只炒鸡蛋、茄子沙拉、酸牛奶以及一杯茶。饭后回家，没有吃药，也没有注射就痛痛快快地睡了个午觉，就像喝了酒似的。

下午四点半，地区委员会在我的寓所开了另一个会议。一如我可能写过给你那样，连克利姆阿夫拉罕姆都在筹备成立自己的内部防务理事会。

大约有四到五位邻居委员到会，其中包括里特瓦克太太。

据考证，她结婚前是个护士。她带来一些自己烘焙的饼干。她不让我帮她准备咖啡，我所能做的只能是告诉她糖和茶碟放在什么地方。不用，她已经自己找到了。她连柠檬都找到了。她惊叹说我的厨房是多么整洁！她说，她真应该找一天让丈夫来亲眼看看，从中学点东西。她丈夫是工人子弟学校的校长，连盘子都洗不干净。不过，命该如此，没什么好抱怨的。

上咖啡和酥饼的时候，会议开始了。我在自己家里被当做客人对待。

"好了，"里特瓦克太太说，"我们开会吧。纳斯博姆医生，您可以开始了吗？"

"也许我们应当接着上周的话题，"我提出建议，"不必要每次都从头开始。"

"我们上次提到找一套房子做总部，"拉斯提格同志说，"可以让委员会活动，在紧急之时日夜都可以召集人手。至少应该有一间房子或者一个地下室。"

他站立着，说完就坐下来了。拉斯提格是个小个子，棕色的眼睛下有眼袋，脸上永远挂着默默的惊诧，似乎在街上给别人没由头臭骂了一顿似的。满头褐发的泽乌伦·格里尔提出补充，失去了门牙的嘴巴赋予他好斗的长相："我们也谈了无线电发射器的事,但我们什么也没做。"

满头鬈发的无线电技师艾弗莱姆·内哈姆金连连点头,似乎格里尔的话正好说明人们需要他,任何低估他的能量的人最好灵醒一些。

"艾弗莱姆,"我说,"我们最好都发表意见,不要沉默不语。也许你能告诉我们你为什么这样气冲冲。"

"有一件事,"他低吼道,"不要老重复过去,不谈现在。"

"我们有什么事?"

"收音机。我上周难道没有告诉你们我在装配一台用电池启动的发射器吗?总之,"他突然发作了,"我们他妈的要发射器干什么?求英国人留下来帮我们,把我们从阿拉伯人手中救出来?用《圣经》语录唤起世界的良知?向阿拉伯人耐心解释他们不能杀我们,否则就不会有人替他们治疗金钱癣和砂眼?整个委员会有两个医生,一个司机,要做什么?你们他妈的想想,你们都在做些什么?"

"别那么怒气冲冲,"纳查特希微笑着说,"请冷静下来,一切都会好的。"

纳查特希是位精瘦强健的年轻人,担任某个社会主义青年运动的临时负责人。在他的短裤下面,毛茸茸的双腿肌肉毕现。他头发凌乱。你可能听说过他的父亲格特马切尔教授,研究东方神秘主义的专家，这位世界知名学者已经半身瘫痪。过去，老纳查特希在夜晚常和儿子在树林里点起篝火，挥着短棒演练剑术，或者和邻居唱俄语歌曲，以抒发愤怒与希冀。

"别嘲弄别人啦，还是说说你的建议吧。"格里尔要求艾弗莱尔·内哈姆金。

"进攻，"艾弗莱尔似乎满腔怒火地吼道。"组织一次袭击，这就是我的建议。行动起来，到农村去，到舒阿法特去，到歇伊克加拉去，到伊萨维亚去，在深夜把便衣警察的房子都烧光，或者去把纳加拉总部炸掉，把蓝白旗①插在纳比·萨姆维尔的宣礼塔上，插在圣殿山上。为什么不？让我们搅他个天翻地覆，一劳永逸。让他们派人来和我们交涉，让他们服从我们。我们都怎么啦？"

这个时候，来自特拉扎的兽医奇普尼斯医生插话了。他背靠窗户站着，身上穿着灰色的战地服上衣和裤线鲜明的咔叽长裤。他说话的时候，手里捏着棕色的帽子。他并没有面对艾弗莱姆，而是看着里特瓦克太太，似乎她（许是她头上的帽子）启发他想起了某个至关重要的法则。

"女士们先生们，对我来说，"他开始谨慎地说，"我们可

---

① 指以色列国旗。

能在一条错误的路上冒险进发。我要说的是我在邻近村庄有一些熟人。"

"你当然有啦,"艾弗莱姆恶狠狠地悄声说,"他们只认识你和像你一样的其他犹太人,因为你对他们的胃口。"

"对不起,"奇普尼斯医生说,"我不想就你的原则卷入争论,至少不在这种时候。我所想的只是评估一下目前形势,从中发现有可能进展的路线,以便做出一些建议。"

"让我们组织起来!"拉斯提格同志突然将手撑在桌子上喊道,"抛弃空谈,组织起来!"

作为主席的我,很难回避纳查特希转瞬即逝的微笑,他很明显是冲着我来的。

"奇普尼斯医生,"我说,"请您继续。不要相互打断谈话会好一些。"

"很好。摆在我们面前有三种可能。"奇普尼斯医生说。他扬起三根纤细的手指,把其中一根曲起来代表一种可能性。"第一,委员会把整个国家拱手让给阿拉伯人,而我们只能在新的马萨达① 和新的雅夫内之间做出选择。其次,建议划分疆

---

① 以色列东南部古堡,位于死海附近的山上,公元前37—前31年由希律大帝修建;公元71年罗马军队一千五百人围攻该古堡达两年之久,堡内犹太守军不足一千人,在寡不敌众的情况下宁死不屈,集体自尽。

界，让阿拉伯人要么接受这种仲裁，要么借助外国势力强加于他们——自然不是通过英国人。照此，我们的任务之一最终是做好防止可能出现的暴乱，与此同时，是设法与包围我们的阿拉伯人恢复良好关系，正如他们所说，刀枪入库，言归于好。"

"他们必须被赶出去，"艾弗莱姆厌烦地说，"驱逐出境，赶出去。你怎么搞的？让他们回到属于他们的沙漠。奇普尼斯医生，这里是耶路撒冷，是以色列的土地，你的姑息使你可能忘记了这一点。"

"第三，"很明显，兽医决心不为挑衅所屈，他接着说，"是全面战争。而在这种情况下，我们的地区委员会当然不可能独立行事，只有等待全国委员会的指示。"

"这正是我说过的，"拉斯提格欢快地说，"我们必须组织起来，组织起来。再说一遍，组织起来。"

"奇普尼斯医生，"我请他接着说，"您到底有何建议？"

"好。首先派遣一个代表我们的代表团，代表耶路撒冷西北区的犹太社区去面见犹太人代表处，向他们解释由于我们的地缘局势所引起的特殊困难，请求指示。我建议代表团由纳斯博姆医生、里特瓦克太太，自然还有纳查特希同志组成。其次，召开一次居民大会。我是指歇伊克和穆克塔斯街的居民。我愿意负责召开这个会议,告知他们,我们——耶路撒冷西北区的犹太社区将不会采取任何敌对的先发行动,无论发生什么事,都将一如既往地维持邻居间的良好关系。这样,在他们最终选择暴力行动的时候,责任就落在他们头上,并要承担后果,不能借口没有事先警告。现在,我建议由纳查特希同志给我们讲讲地区防务问题。他至少能够提出计划大纲,假设我们要在一段时间内抵御可能对我们发起的区域性攻击。"

"那么我建议开始筑防御工事。"拉斯提格突然大笑起来,"想象一下,我们的克利姆阿夫拉罕姆就是犹太复国主义的斯大林格勒。"

"请实际一点,"我敦促他们说,"我们还要确定任务分配和其他一些事项。"

"只要这里的人都很实际,"艾弗莱姆伤感地说,"就毫无危险可言。算了,不在这里,不在这个犹登拉特[①]说了。"

"我认为必须说。"我说。其实我没有必要说得这么尖锐。

这时,纳查特希从厨房回来了。很明显,他把这里当成自己的家。他兴致勃勃地嚼着一块厚厚的三明治。看到他嘴

[①] 第二次世界大战期间纳粹国在犹太人聚集地指定的居民社团。

角的一抹红斑,我敢说,除了奶酪和洋葱,他还在三明治上涂了一层番茄酱。

"对不起,"他咧着嘴说,"我饿慌了,所以袭击了您的冰箱。为了不打断你们的讨论,我没有事先征得您的同意。"他一边说,一边眼睁睁地看着面包屑掉在椅子上、地毯上,更多的面包屑则粘在他的胡子上,但他毫不脸红。

"您请随便。"我说。

"好,"纳查特希说,"我们完成理想主义命题了吗?那好吧。"

没有人说话,甚至连拉斯提格也一时沉默。

"可以非常肯定地说,英国人很快就要撤走了。我们会面临许多问题,但我不想现在谈论这些问题。我在这里仅谈解决方案。就这样,好吧?我们社区有武器,但目前只有轻武器。感谢主,我们有几个懂得使用武器的年轻人。现在用不着谈具体细节。索妮娅,我是指里特瓦克太太,请你明天把所有老太太集中到你的家里缝制麻袋,就像你今天一样。不要管材料从哪里来。不用编织巴拉克拉瓦头套——下一次有你织的。我需要一千两百只麻袋,让年轻人给装上沙子和碎石,先用在工事上,然后用在窗户上和其他地方,用来挡子弹和炮弹。下一点,明天上午,我们要在科罗德尼的阳台上设一个永久观察点,用来监视斯奈拉兵营,这是年轻人的另一项任务。另一个观察点设在卡皮坦斯基楼顶上,用来观察歇伊克加拉和警察训练学校。我会请里特瓦克派二三十个学生出来做这件事,这样我们就能够知道汤米和艾哈迈德①在做什么。下一点,如果英军真的撤走,或者我们观察到他们要把军营的钥匙交给阿卜杜拉国王②的贝都因营,我的战士就潜进去占领斯奈拉。这与你们的委员会都没有关系,我只是想让你们了解,使你们在夜里可以放心睡觉。下一点,联络。艾弗莱姆,我们今晚要去检查你装配的东西,假如真是像你说的那样,那么我们就要把你的发射器连接到哈格纳总部。你和拉斯提格轮班,实行二十四小时监听。你们戴着耳机静静地坐着,不准互相争吵;除非去方便或者有事向我报告,不准起来走动。现在是你,格里尔。仔细听着,有两件事。第一是着手将整个街区的所有园艺工具收到你的棚子里,不要管人们是否愿意,除了浇水的罐子,只要你发现的,如铁锹、铁叉、锄头等等,全部征用。你要像以前那样服从我的命令。这是来自一个授权指挥员的命令。你和几个邻居一

---

① 指英国兵和阿拉伯人。
② 阿卜杜拉(1882—1951),约旦独立后第一代国王(1946—1951),1948年指挥阿拉伯联军与以色列作战,占领约旦河西岸,攻克旧耶路撒冷。

起拿着工具去则法尼亚街的尽头，阿摩斯和吉拉街的街角以及特拉扎路，劈开路面往下挖，在拐弯的地方挖。是的，挖壕沟。这样，他们就不可能用装甲车对付我们。另一件事，格里尔，总部设在你家睡房里，因为你家有三个出口。在我们搬进去之前，你有两天的时间让你老婆搬走。现在，奇普尼斯。您，奇普尼斯，不要去和歇伊克和穆克塔斯的人说教。我们不想让我的战士冒着危险去把您残缺不全的尸体抢回来。医生，让我们面对现实吧。战争结束后，我们会尽一切可能，为什么不呢，欢迎您去和他们抽上一口烟，我和您一同去吃香美的烤肉。而此刻，假如您如此希望实现您的想法，您可以给每一个歇伊克人发一封挂号专递，表达良好的睦邻关系愿望。您尽管去做好了，如果能成，我愿意折戟示诚。但是现在还不是时候，您还是留在这里替我指挥杂货商、菜贩子和煤油贩子，让他们把手中所有的货集中起来，只是不要搞黑市引起恐慌。就这样。索妮娅，你听着，你负责储藏物资。我希望所有的妇女储备罐头食品、饼干、煤油和糖，尽其所能，越多越好。现在，让我们谈谈水的问题。我希望这个委员会所有的成员，对，你们全体，挨家挨户帮居民把楼顶的水罐转移到地下室去，要保证都是满的。我希望阿尔马里亚开始在他的作坊里为我们造箱子①,我说的是水箱,艾弗莱姆,那就是我要谈的,你不要跳。现在是我们这屋的主人,纳斯博姆。请您明天上午到维希尼亚克太太的药房去检查一下她的实际库存,看她还缺什么药。无论缺什么,订货就是,入委员会的账。要多订一些。您家将作为急救站,备好吗啡和包扎用品以及您所需要的一切。另一件事,你,格里尔,逐步开始为我们提供汽油,我不管你是从你的汽车公司拿还是从岩石上开采。大约五十加仑。让孩子们去收集几百个瓶子,我们,就是我和艾弗莱姆,负责制造燃烧瓶。纳斯博姆,您说您曾有过建议是吗?很好,但不要现在提,它不会引起任何人兴趣的。就这样,还有事吗?"

"有。"拉斯提格说,"我们需要一些氰化物之类的东西。假如阿拉伯人不顾一切闯过来,他们会屠杀儿童,奸淫妇女。我们需要在最坏的情况下抵抗。"

"我们现在不是在华沙,"纳查特希说,"假如你带着这类东西走出这个屋子,你会招来麻烦的。就这样定了。"

"那好吧,"拉斯提格同志嘟哝道,"我知道了。"

"还有问题吗?"

---

① 原词为 tank,该词既可以指容器,又可以指武器,即坦克,这就是下文说话者要重复的原因。

"对不起，"我说。"如果英国人不撤走，会发生什么事呢？又假如他们将整个耶路撒冷移交给阿卜杜拉国王呢？"

"假如他们不撤走，那就是不撤走。别问我这样的问题，问本-古里安①。你以为我是谁？就这样。索妮娅，给这些好人再来杯咖啡。他们看来是有点累了。纳斯博姆医生，谢谢您的款待，我得走了。后天午饭时间，想见我的人可以在格里尔的卧室找到我或者阿奇瓦和伊戈尔。顺便说一句，如果英国人来搜查或者讯问，别忘了本街区有委员会。没有人认识我，我根本不存在。让医生们和他们对话，纳斯博姆或奇普尼斯。就这些。这里所有的人都用不着担心，我们没失去希望，就像有一首歌里唱的那样。还有一件事，艾弗莱姆，我向你道歉。如果我得罪了你，那不是我的本意。现在，再见。"

他把胡子上的面包屑抖掉，抹去嘴角上的番茄酱，咧开大嘴，亮出洁白的牙齿大笑起来，然后走了。

汉斯·奇普尼斯轻声道："现在该说什么呢？"

艾弗莱姆说："你不会又从头说起吧？你已经听到交给你办的事了，去给所有的歇伊克社区居民写信。"

---

① 本-古里安（1886—1973），以色列国缔造者、总理（1948—1953，1955—1963）。

索妮娅·里特瓦克说："愿主保佑他照顾好自己。多好的一群战士啊！"

拉斯提格同志说："就像哥萨克。我们要不断谈组织起来的事。他们会用屠杀来收尾的。呸！呸！"

而纳斯博姆医生，亲爱的米娜，你的纳斯博姆医生以放纵讥讽的口吻说："如蒙允许，这次会议该结束了吧。"

我用心灵之眼注视着这位愤怒但不失风度的年轻人从我的寓所消失在灰暗之中。这位和孟纳赫姆或者纳汉姆或者格特马奇尔一样瘦小的纳查特希穿着一条短裤，满头乱发，眼睛像夏末的灰尘一般混浊，透出孤独的神情。毫无疑问，他回到他的同志们之中，回到丛林或者河谷去了。也许是劳累使他委顿，也许是有几天未能适时进餐了。我在问自己，他有相知的女人吗？如果有，是否像他吞食三明治那样，又或许他会战栗着不知所措？

米娜，我能做什么？你处在我的位置又将如何行事？盲目地信任他？指责他，嘲讽他虚张声势？去分析他的如梦之想？或许干脆爱上他，征服他？

我感到迷茫。或许我应当让他沉默下来，驳斥他的狂妄自大，使他循规蹈矩？可我能那么做吗？你一定已经猜想出来，在我心灵深处，我是把他当作你为我生、为我藏匿在加利利某个基布兹或者是某个山谷的那个神秘孩子；他已经在马群和农机具包围的环境中长大成人。现在，他来到耶路撒冷，将我们所有的人从水火中拯救出来。我得就此打住，立即结束这封信了。

只是还有一点，当我的客人已经离去，当我还在洗涮咖啡杯、从地毯上拾掇残屑之时，天倏然变脸了。从西北方向吹起一阵阴冷的狂风，野性的湛蓝随之而去，耶路撒冷一片漆黑。风已平息，接着天上降下第一滴雨，屋外尽现冬夜景象。我也要开始收集空瓶子了。无论如何，假如纳查特希想用它炸掉装甲车的话，他应当来请教我如何制造燃烧瓶。我得停笔了，吃药去。我不会去睡觉。在这雨夜，我要在实验室度过。时日无多了。英军当局的秘书亨利·戈内已经通过收音机呼吁在巴勒斯坦的所有社区居民保持平静，维护法律秩序，直到局势好转为止。"耶路撒冷之声"播音员把他的话翻译成官方希伯来语，严禁在街道聚众，禁止干扰正常生活秩序。

1947年9月7日，星期天

亲爱的米娜：

稍稍有雨，但还不是秋霖，只是夜间缓缓飘落的雨丝。今天早上，整个城市又是一片明亮。花园里，空气氤氲，潮湿新鲜，就连飘落的树叶也被洗去灰尘。整晚，我难以入睡，直到清晨，这是我所不愿。昨日会后，我的脑子里一直萦绕着一个配方，一个简单有趣的化学构想，使我不能自已。疼痛一次又一次加剧，书桌、天花板和墙壁在我眼前一片迷蒙。我强忍着不去碰注射器，因为正是这种迷蒙，使我的构想越发清晰。你在笑。清晰的想法（或是灵感）从疼痛的迷蒙而来，可能会使你觉得像是不成熟的浪漫主义。随它吧。我甚至漏夜起来，在一张小纸条上记下各种症状和发作次数。长夜难眠，只听得斯奈拉的大钟敲响三次（或两次），忽然，我觉得喉干舌燥，渴中带痛，我处于一种希冀的亢奋之中。我恍惚发现通过一种令人吃惊的简单手段，无须通过苛刻的温度条件即可产生连锁反应，一种从最廉价最普通的材料释放能量的方法。精确地说，基本的生命形式可以通过心理恐惧爆发力量。譬如，一个作曲家可以在夜间听到他最后交响乐的和弦，然而那不是他的作品，也无法用五线谱记录下来。那是狂喜与恐惧。我可以解释这种现象的全部内涵，即制造死亡将至的谣言。此刻，夜间涂鸦的纸头就在我面前，而上面记录的全都是废话，是儒勒·凡尔纳和 H. G. 威尔斯式的科学谵语，毫无价值。更有甚者，在我迷蒙之际，我看到死海在朝东的窗前燃烧，像地狱之火，映得夜空一片矿物之光，使我毫不怀疑我的夜间发现已经在外部世界、在晚霞中产生作用。你和尤里在实验室里调制某种东西，和贾西米以及纳查特希在地毯上做爱并邀请我加入。屋外，一团熊熊燃烧的大火直冲向夜空中央；而我，借助于一面普通的镜子，从这里，从房里，尾随着烈火，飞越高山，穿过深谷。我又一次衣不解带，在实验室的地板上睡了过去，一直到清晨。在睡梦中，我明白此刻该是去请达希金过来的时候了。和他同来的还有齐维克拉比，那位莎菲德的病人。他们一起说服你同意防止胰腺肿瘤扩散的唯一办法是开刀破颅。你顽强地坚持 X 光的强光束引导钠和赤磷可以产生一种连锁反应，不仅可以挽救我的生命，也可以迅速改变整个军事形势。

早晨，我喝过咖啡，刮干净胡子，发觉自己发低烧了，视觉有点模糊。当时，我还可以读报，现在仍可以写信。然而，当我伸手想从厨桌上拿一块牛油面包时，我错拿了一瓶酸奶。补充一点与这方面进展相关的消息，英军侦察机自今晨早些时候以来一直在耶路撒冷低空盘旋，或许是因为今天早上在报纸上公布了一条半官方的消息，咨询委员会确实建议国家分治，耶路撒冷和伯利恒将实行国际管理，不会移交给犹太人或是阿拉伯人。尤里放学回家的时候告诉我，如果没有耶路撒冷，就不会有犹太国家，就可能会以哈格纳和帕尔马克为一方，以伊格纳和斯特恩组织为另一方爆发可怕的战争，这正是英国人精心策划的。

附带说一句，他现在成了我实验室的支配者，在那里干他愿意干的一切事情。他把我舒舒服服地安置在沙发上，给我盖上毛毯，给我沏柠檬茶，甚至为了迎合我而精心挑选唱片放在留声机上播放，灌好暖水袋给我暖脚。这孩子趁我躺在沙发上因为身体虚弱不能干涉，把一篮空瓶子拿出来，到实验室做调制试验。他掐断火柴头，混合溶剂。我被逐步从我的家里驱赶出去，纳查特希和索妮娅·里特瓦克占领了厨房，尤里占领了实验室，你则占领了我的梦境。不久，我就得离开。

"小心，尤里。"

"我只是按您的指导做事，伊曼纽尔医生，请不要担心。我是完全按您放在桌子上的记录本所说进行的。等您好一些我们再一起做好吗？"

我心静如水。留声机在播放莫扎特；实验室里，试管轻轻碰击，酒精灯缓缓燃烧。

窗外，又一个早秋的傍晚。

这些简单、干涩和琐碎的事情，将向我传递何种急迫的信息？米娜，渐渐消逝的阳光、聒噪的乌鸦、嗥叫的狗、鸣响的钟，自远古以来就已存在，并将永远继续存在下去。我甚至可以听到远处火车轰鸣，驰向伊梅克里·法伊姆；还有婴儿的哭声，隔壁女人波兰语歌声。如此简单，如此熟悉，又如此琐碎的事，它们为什么要在今晚离我而去？除了立即面壁而死我又能做些什么？也就是这个瞬间，如电击的瞬间，这种顿悟在撞击着我，其中必有意思，必有理由，或许还有解脱之道。我还有时间去设法发现其中的含义、其中的目的所在。哀伤在继续折磨我，我已经活了将近四十年，差不多是被从一个国家放逐到另一个国家。在这里，我已经尽我所能，小有成就。也是在这里，我曾经爱过你。斯人已去，我却还在这里。不过，要不了多久，我也要从这里被驱逐出去。米娜，这就是结局？这就是道德和理性？一如此间人们所说，即将临近之事与我何干？

或许，屋外秋意正浓，一切均将临近。有些事必须去做，即便无望，也必须立即去做。那是什么事？我真希望我能知道。此一刻时间不可挽回，它存在，但不会再有。

我记得曾经有过的维也纳夏天。每一个下午，凉风罕至，一丝薄云漂浮在白里透灰的天空。街上飘着一股炒肉、垃圾和花香的混杂味道，或许还有女士的香水味。咖啡馆人头如鲫，透过咖啡馆的窗户可以看到绅士们一身轻装，在抽烟，在争论，在谈生意。还有一些人在翻阅杂志，在解纵横字谜，另一些人则在驰骋棋枰。我一如既往地走在由系图书馆回家的路上，心中了无牵挂。我略想，但并不迫切想邀查洛特或者马格特到疲倦心灵之家的首层度过黄昏时刻。当我过桥的时候，我稍停了一下。桥边有两个黑人乞丐，一个在敲鼓，一个在尖声歌唱，道旁放着一顶帽子，里边有几枚硬币。他们都不年轻，但也不显老，似乎无法用欧洲的年龄标准衡量，似乎属于另一种生物钟范畴。

我停了下来，在不远处注视他们。不久前我选了一门人类学的课，但自信这还是第一次看到黑人，在马戏团以外的地方第一次看到的黑人。他们一头鬈发，皮肤呈咖啡色（不是可可色）。我扫了一眼他们那鼓鼓的铁柱一般的性器官，不由得身上稍稍一震。尖叫（或是唱歌）的那位个子稍高，鼻梁挺直，但没有戴鼻环；另一位则鼻子长得又长又扁，既滑稽，又像是他们的性器官被压迫的样子。我被他们吸引住了，不想离去，眼睛也直盯着他们，像钉在那里，害怕、着迷，也觉得恶心。他们背对桥栏站立，一个穿着勉强扯在一起的凉鞋，一个光脚套在破烂不堪的皮鞋里。我突然感到害羞，就像孩提时代偶尔瞥见伯母格里特长裙低低的开胸。我连忙在他们的帽子里扔了一枚硬币。

恍惚有人在催我去疲倦者之家，去和查洛特或者马格特（或者他俩）一起换换环境。可是我的脚钉在那里不动。我看看表，装作等人。我在等。没有电话预约，我想我是等不来马格特或者查洛特的。

就在此时，一队穿着国民近卫军军服的年轻人在黑人乞丐身边停住了脚步。我定在当场。他们是一群恬静、英俊、求知欲强的孩子，一头谷黄色的头发，从他们古铜色的皮肤不难猜到长期的山林生活给他们注入了军人的刚毅但不失原本的良好举止。他们的队长向前跨出一步。他是个具有运动员体魄的粗矮中年人，一头钢刷般的青灰色头发，一副薄薄发黑的嘴唇。从他的步伐或肩膀的形状看来，他可以是居家男子也可能是河边长大的人；既可以是独居山野，也可以是长在豪门深宅。他是那种我父亲希望自己的独子长成的那个样子，至少是形似。队长同样穿着整洁贴身的军服，不同之处是他胸前的短穗、胸章和肩章的颜色。他在向年轻人解说什么，声音短促，每一句都以威严的声音结束。他一边说，一边在空中比划，手指在最靠近他的那个黑人头上一两寸的地方指点，像是在描画头颅形状，神情显得毫不在乎。他一边强调一边演示。我又靠近了一点，想听清楚他到底在说什么。他在用带巴伐利亚口音的话描述种族特征。他简短的讲演，就我所能理解，是人类学、历史学和形态学的混成体。说话的节奏：断续。

一些士兵从棕色的军服口袋里掏出特有的笔记本和铅笔认真记录。这时，两个黑人放松地咧嘴大笑，讨好地骨碌碌转动双眼。他们满脸逢迎，或可以说是愚蠢、傻乐，又像是尊敬和感激。必须承认，在我看来，他们像是一双准备接纳新主人的丧家之犬。整个过程中，那位队长一直在使用诸如进化、选择和退化一类名词。他时不时在轻蔑地捻指头，其中一个黑人露出奶白色的牙齿尖声大笑，算是对他的响应。

队长打了个榧子，在他们的前额比划，没有触及他们，然后又对着自己比划，说了声"差不多"。

他用一个德语单词"开化"结束了简短的讲演。

士兵们把笔记本和铅笔放回了口袋。魔咒解除了,他们默默地继续他们的旅程。据我观察,他们迈开轻快的脚步向市中心和博物馆开去之时,心事重重。一时间,他们好像是一支突然遭遇敌军的先遣部队,脱离战斗后撤去重新集结的巡逻队和突击侦察营。

魔咒解除了。我也重新走向回家之路。我几乎不得不承认,欧洲真的处在危险之中。弱肉强食的竞赛就在一步之遥。我们的音乐,我们的法律,我们繁琐的商业体制,我们微妙的讥讽,我们对双重含义和歧义的敏感,陷入了道德的危险之中。弱肉强食的竞赛就在一步之遥。而历史明白无误地提示我们,蒙古部落曾经从亚洲纵深横扫而来,一直到达多瑙河岸边和维也纳门前。

家里,莉莎默默地准备晚餐,父亲也沉默无语,脸上布满愁云。他的生意日见衰落。城市里到处是令人不安的气氛,与以前再不相同。收音机在播放一位部长的讲话,发誓摧毁共产主义、世界主义和其他破坏分子。这位部长宣称,政府已经对寄生虫表现出极大的忍耐,而获得的回报是毫不买账。父亲把收音机关了,仍旧默默无言。他也许在心底里指责东方犹太人如潮拥入,给我们带来无尽麻烦。我默默地吃完饭后就回到房间,玛格特的双肩和美项仍然留在我记忆边际,我当怎样和父亲说？他常说自己唯一的儿子已经长大成人，到了略解风情、但尚未到完全了解这个城市和这个世界走向的年龄。深夜，我到厨房倒一杯水，发现父亲穿着睡衣独自默默地坐在那里闭着眼睛抽烟。

"爸爸，您又头疼了吗？"

他睁开眼睛。

"伊曼纽尔，你在胡说什么？"

一阵短暂的沉默之后，他说："今天我收到犹太复国主义者寄来的文告，还有巴勒斯坦寄来的传单和一些照片。"

我耸耸肩，觉得与我无关，说了声晚安，转身回房间了。

刚好一个星期，一封信寄到了。

这是封匿名信，信封上，父亲的名字是用印刷体打上去的，地址写着他工厂的名字。他当着秘书英姬的面把信拆开。刹那间，整个世界在他眼前一片昏暗。信封里装着一张质地极佳的记录纸，水印，金色滚边，但没抬头，没有签名，通篇只有一个词，漂亮的压印圆体字："犹太"，感叹号。

父亲恢复正常语调之后立即迫不及待地询问英姬，你怎么看。英姬礼貌地说，这是事实。接着她又补充道，尊敬的博士，不值得为这生气，因为这是再简单不过的事实。

父亲蠕动着惨白的嘴唇喃喃道，英姬，我否认过这事实吗？我从来也不想否认。

不到一个月，父亲找到一个急于买房子的主顾，把房子连同漂亮的花园一起卖掉了。林兹的一个合作伙伴把工厂盘下来了，英姬被无情解雇。莉莎提起装满母亲衣服的旧提箱回山村去了。

父亲和我毫不费力地从英国领事那里获得了移民巴勒斯坦的证明文件。这是殷实人家的好处。

父亲早已经收集信息，筹划好细节，计划在离特拉维夫不远的新兴城镇建立一家小型工厂。他早已了解那里的条件，甚至做了一些盘算。但是，他不止一次地谈起，希望到那个没有邪恶的世界去和母亲团聚。我们家的老朋友们一再和父亲理论、争执，请父亲重新考虑去路。他们的见解对父亲产生了致命的打击，使他感到震惊甚至觉得受到侮辱。维也纳的犹太人坚信一切都可以用心理学的角度去解释，形势会很快好转，因为整个国家不会突然失去理智。

父亲的意志一如磐石，铁硬，不可动摇。

尽管如此，他还是固执地拒不承认赫茨尔博士预见的这一切。相反，他争辩道，是赫茨尔博士和他的朋友们把我们推进如此深渊。

但是，一年之后，在拉马特甘，他彻底改变了看法，他甚至加入了普遍犹太复国主义党。

我们拿到签证准备出国的四天前的上午,我获得了我的医学学位证书。我被叫到校长办公室。他们彬彬有礼地解释说,他们不认为我会心态坦然地参加毕业典礼。估计到学生们的普遍情绪,他们决定非正式地将我的毕业证书装在一个朴素的牛皮纸信封交给我。他们说,西亚的广阔天地在向一个年轻的医生敞开。那里的愚昧、肮脏和疾病令人难以置信。他们甚至提到正在非洲丛林深处救助麻风病患者的阿尔贝特·施韦策。他们甚至错误地强调施韦策也有犹太血统。然后,他们挑起埋藏在我心中的苦涩感情。他们要求我,即使身在远方,也要记住维也纳不只是给我留下侮辱,也给了我太多的好处。他们祝我一路顺风,不无犹豫地和我握手道别。

我确实记住了,我心中既不觉得苦涩,也不觉得受辱。当我看到自己面前的你嘴边挂着冷漠的讥讽,香烟从你的鼻腔里轻蔑地喷出,我该怎么写呢?犹太人的悲哀和愤怒。不,不在我的心中,而是在我的骨髓。我不会为哈格纳制造土制炸药,我会给他们制造效力最强的炸药,我将令尤里、纳查特希,甚至本-古里安本人大吃一惊。只要我气力犹存,我自己就是弱肉强食竞赛边缘之人,我就是蒙古部落。

一如往常,我又在开玩笑,以我那荒谬可笑的手法不合时宜地开并不好笑的玩笑。

我们搭乘法国邮轮，经提罗尔、的里亚斯特和皮拉卡斯到达巴勒斯坦。父亲真的在拉马特甘建了一家糖果厂，而且颇有名气。他重新结了婚，娶了一个从波兰南部移民来的高大强壮、满身珠光宝气的女人为妻。也许是受到妻子的影响，他成了犹太复国主义者理事会总会和几个委员会的活跃分子。

他偶尔寄钱给我。实在没有必要，我自己的钱已经够花了。

每年两次，一次是逾越节①，一次是新年，我都去拜见他们，在花瓶、茶具和花形吊灯下度过几天。每天夜里，来访者如流水不断，有中年的事务官员、党的工作者、商人以及业务中介等等。他们品尝 Choolant，吸烟，用三种语言讲淫秽笑话，然后开怀大笑，大有饱经世故的味道。"菲利克斯，"他们边说边向父亲眨眼，"莉贝·芬哈瑟尔，你们准备什么时候给孩子娶媳妇？你们什么时候开始向他传授经商的奥秘？他们是怎么说他来着？你们家里出了个社会主义者。"父亲的妻子满是晒斑的手腕上戴着一块表（挂住表的金链首尾分别是蛇颚和蛇尾）。她说："你们说什么？生意？生意算什么？

---

① 犹太人纪念历史上犹太人在摩西带领下成功逃离埃及的节日，约在公历四五月间。

我们的伊曼纽尔不久就会成为哈达莎的教授。到时,我们全都得提前三个月挂号,才能轮到去他那儿看病,还可能是特殊照顾的呢。"

我真的在哈达莎工作了一段时间,并且心甘情愿地屈从亚历山大·达希金的蛮横无理。一天晚上,他主动请我到克亚特·森缪尔家里做客。茶点之后,我们开始开玩笑、闲聊天。他正告我说:"下周你就要被五花大绑押送到巴勒斯坦政府,送给细菌学部。他们已经给我最后通牒,给他们物色第一流的斯韦德盖洛甫,为他们照管耶路撒冷和周边地区整个供水系统。因此,我立即把你卖给他们,无代价免费奉送,甚至不索取我的三十块银币①。你的报酬将会不错,而且还可以用英王政府的开销到处旅行,从希伯伦到杰里科,从拉马拉到罗西-哈阿因。你可以有自己的私人企业。你可以像奥利里一样。他可是一个有教养、有风度的家伙,不像我,粗暴的食人生番。纳斯博姆,你和我,让我们开诚布公地说话。呃,你是那种比较冷静型的人,而我呢,是个狂人。总之,我们是不同类型的人。我只想说,伊曼纽尔,"达希金突然眼睛里饱含泪水咆哮道,"你会发现,我的门和我的心扉永远对

---

① 源自《圣经》故事。基督十二门徒之一犹大将耶稣以三十块银币的代价出卖给祭司长和长老,并为捉耶稣的人带路。

你开放，日日夜夜。我真的爱你，只是不要让我失望。你的茶怎么啦？把它喝掉！"

就这样，我离开了撒摩法尔，加入了爱德华·奥利里和我亲爱的朋友安东尼·阿尔马迪的行列，开始在山泉和水井巡视。

我们每周大约两三次深入到农村去。我们经过美丽的花园、橄榄树林带和葡萄园以及微型蔬菜地，看到了山丘上的宣礼塔高高耸立。我们饪披荆斩棘，徒步几个小时考察水流湍急的山泉和荒废的水井。羊粪和草木灰的味儿给我带来祥和与平静的感觉。安东尼偶然会不无歉意地说："牲口是牲口，农民是农民，有时你还真说不出一个所以然来。"假如奥利里嘲讽地问他："有一天每一个村民都穿上花呢上衣，像你一样打上领带，你会怎样想？"他回答说："那就一反常规了。"爱德华抿着嘴笑道："那么犹太人呢？在基布兹你会看到律师在挤奶送粪。"安东尼给我一个亲切的微笑，说："犹太人都是了不起的人，他们永远反常道行事。"

我们常常到所罗门王水塘、朱迪亚沙漠的纳哈尔-阿鲁格特①和艾拉山谷去。我们把采集的标本装进小瓶子，带回朱利

---

① 以色列青年先锋队拓荒农场。

安道的实验室用显微镜观察。奥利里借给我们上个世纪描写英国旅行者的游记,书中描述这个国家处于荒芜状态的所有细节。

"她是怎样做的?"奥利里以好笑的口吻问道,"这个穿得破破烂烂、不育的老女人是怎样使他们所有的人都发疯地爱她呢?我曾经到过波斯南部,一样凄凉的山丘,顽石遍布,只有孤零零的几棵橄榄树和一些旧陶罐。至今还没有人横跨半个世界去征服他们。"

"女人是泥土做的,"马迪博士用仔细斟酌的英语轻声低语,"男人是雨做的,而欲望则来自魔鬼。请看约旦河,几千年来一直流向既没有鱼,也没有树的死海,永远也不会再流出来。波斯不存在这种情况,爱德华,万物的法则是,进时艰难出也难。"

我也会贡献几句,如:"以色列的大地充满了简单的象征,不仅仅是约旦河和死海,还有疟疾和血吸虫病都是象征性的重要标志。"

"你们俩用相似的话表达完全不同的情绪。事实上,我们仨都是。"

"真的这样吗?"奥利里礼貌地喃喃道。他忍着不再解释,巧妙地换了个话题。

安东尼下午和晚上在卡塔姆开私人诊所，我则在克利姆-阿夫拉罕姆开了个家庭诊所。我学会了和邻居们和睦相处，在艰难时世注意倾听他们的声音。我把大量的时间花在对付白喉和痢疾上，几无时间概念存在。不管我是在业余实验室穷忙还是在听音乐，只要有人要我出诊，无论是夜间还是周末，我随时毫无怨言地应声而至。如果街上有孩子们嘲笑我的德国习惯，我也不会生气。不管怎么说，我是在尽我的一份责任。

这种状态一直坚持到你我相遇和我的疾病发作。

这就是我的生活简历，其中有的你已经知晓，有的是出于你的习惯，在分析我的行为时忽略了。

现在，我该回到我的观察上。

尤里已经出去，或许是受了纳查特希神秘助手的指示，去卡皮坦斯基兄弟公司的房顶站岗，监视歇伊克-加拉地区和拉马拉公路的交通。我也坐在我的阳台上放哨。我记下的细节与军事用途毫无关系，无非是耶路撒冷的小贩在卖什么，怎么卖，谁在买；还有我的中低产阶级的东欧邻居，他们之间为什么频频争吵，他们真实的共有想法是什么；还有他们的孩子，他们想知道什么是现代、什么是古老；对年轻人——如纳查特希、伊戈尔和阿奇瓦来说，是什么原因使他们的穿着打扮、谈话方式甚至开玩笑的方式都如同出一辙，打上来自加利利和帕尔马克的独有印记，即开拓者英雄的崇高形象。

至于我自己，除了正在逼近的死亡和不断出现的疼痛征兆，我为什么有时候要对这些勇敢的孩子们如此厌恶？甚至私下轻蔑地称他们是"亚细亚人"，而有时候又感到对他们有一种强烈的爱，好像我有一个未经确认的儿子就在他们中间，一个黑皮肤、光脚板、身体粗壮的年轻人，一个操作机器和武器里手行家，一个沉默寡言、蔑视我、无视我的操心的孩子？我不知道。

作为观察者，我还有更为闪烁的问题：这里有什么可笑之事和尴尬之事？他们在谈论什么，沉默间又在传递什么信息？又有谁来到耶路撒冷？他们来自何方？他们每一个人在这里所求何事？他到底又找到了什么？海伦娜·格里尔和索妮娅·里特瓦克之间有何区别？那位电器修理作坊的诗人内哈姆金和拉斯特格不同之处是什么？他们在这里寻觅什么？又到底找到了什么？我也不把自己排除在问题之外。

另一些问题是：何为耶路撒冷之瞬间？何为耶路撒冷的永恒？这里的颜色，秋色夜色为什么不同？在另一个层次：英国人打算做什么？是否会有政治真空？我们力量的真实局限是什么？马迪博士是否真是致命之敌？我意志的弱点是否使我不能希望他死，以致总想找到证明他的借口？每一件事都让我归于最后一点，归于一个最简单的问题，将要发生什么事？我们在等待什么？真是担心不已。

米娜，今晚你在何方？回来吧。

这最后的话对你来说似乎是希冀的呼唤。那不是我想说的。请原谅我，对不起。

1947 年 9 月 8 日

亲爱的米娜：

今天上午，我去犹太人代表处，递上关于可能用于军事用途的化学材料已经准备就绪的报告。在另一张纸上，我写了几点建议，尽管我认为对他们来说已经不是什么新鲜主意，在斯格帕斯山的任何一位大学教授都可以精确地提出相同的建议。我的约见是在九点，我提前了几分钟到达。在路上，温暖的阳光扑面而来，但没多久雨就开始猛烈地敲打在办公室的窗户上。他们从名单夹上找到我的名字，对我说了声谢谢。我感到吃惊的是，他们把我引到本-古里安办公室。很明显，有人夸大其词，对他说耶路撒冷有一个生病的医生，但同时又是一个对爆炸物提出大胆设想的独具匠心的化学家。一句话，他要求立即见我。有人对我作了毫无意义的神秘描述。

本-古里安开始询问。我被问及出身、家庭背景。他问我与著名的教育家纳斯博姆有何关系，我的观点是不是和绥靖主义的布里斯和平运动组织的观点相左。他是一个充满激情的人，他的举止使我想到达希金。他不断地在窗户和书架之间来回走动，拒绝对在甄别和保留之间浪费时间。他总是在打断我，甚至在我刚刚开口的时候，但又鼓励我接着说。他说，危险在逼近，生死攸关的时刻已经到来，我们却几乎无资源可谈。我们要以精神和创造来弥补物质的匮缺。他说，犹太天才不会使我们失望，这是我们成功的关键所在。我想说，本-古里安先生，请允许我……但他没有允许。相反地，他说，你将获得你所需的一切，你得在今晚就开始工作，就在今晚。记下，莫特克。对。现在，不谈这些了。医生，告诉我们您需要什么？

我站在那里，心中茫然，两臂僵直。我胆怯地解释说其中可能有些误会。我不是又一个阿尔贝特·爱因斯坦，我只是个医生，在化学界稍有名气而已，只是提出一个备忘和一点小小的建议而已。无论从哪一方面说，有犹太天才，但绝非我。误会了。

就这样，我回家了，带着一脸的羞愧和茫然。我是否当得起他们的殷切期望？鲁巴晓夫同志在《纪事报》上写道，我们将经受即将到来的考验。试验？[①] 看到这些话，我的心在

---

① 在英语中，试验和考验可为同一词。

发抖。真正的战争即将来临，我们却没有资源，而狂热的业余人士所使用的词只是"试验"之类。对此，你无疑会会心一笑，不是笑鲁巴晓夫所用的词，而是针对我，因为我写的"真正的战争"。我能想象，在遥远的地方，你吸进的香烟从鼻腔喷出，你在撇嘴。昨晚，我听到从摄政街传来机器的轰鸣，另一队英军巡逻车也许亮着大灯向北疾驶，朝着海法码头开去。这是否意味着撤退的开端？我们是否留下来自己换班？假如想象中那些加利利山谷里无畏的战士并不存在会怎么样？假如正规军横跨约旦河和沙漠，而我们不能经受考验，又当如何？

今天上午，我在阳台上观察莎拉·泽尔丁，一位幼儿园的老师，小个子的俄国老妇人，身上围着一条蓝色围裙，皱纹满面。那正是我刚刚从犹太人代表处回来的时候。她在教孩子们唱歌：

> 我可爱的小村庄
> 坐落在山麓上，
> 那里的花园果园和田野
> 一直伸展到天边。

随着歌声,我恍惚看到了小村庄,看到了山麓和一望无际的田野。我被恐惧所俘虏,而那些孩子们,包括萨姆逊、阿隆、艾坦和里特瓦克太太的梅拉博,正在取笑他们的老师,尖声唱着"我愚蠢的小村庄"。

米娜,要发生什么事呢?

"一旦英军开始撤离,伊格纳和斯特恩组织将要炸掉所有的桥梁,攻占山谷隘口,"尤里说,"因为哈格纳不能下决心是不是真要我们有一个犹太国家,他们可能要我们跪下来继续乞求。您看,我有一套咔叽战斗服,伊曼纽尔医生,这是纳塔利亚伯母给我的礼物,因为妈咪和爹爹今天要回来。"

"家庭作业做完了吗?"

"做完了,在课间休息的时候做的。一个喝醉了的澳大利亚士兵到卡皮坦斯基店里找姑娘,他把吉普留在人行道上,带着手枪进去,但是永远也看不到他的杂志了。看,我给您把弹舱带来了,三个满的和一个只有一半的,是汤姆枪的。还有,我发现斯奈拉的墙上有一道裂口。我一旦接到命令,也许可以在晚上带上传单和炸药潜进去。请您千万不要对纳查特希透露,因为他总是要接到哈格纳的指示才能做决定。艾弗莱姆也不知道到哪里去了。因此,您决定吧。"

"那好,"我说,"不要秘密访问斯奈拉。这是命令。而且，不要再偷澳大利亚士兵的东西。要不，我会很生气的。"

尤里惊奇地看了我一眼，连连点头。他心里有了主意。一阵沉默之后，他请求我允许他问一个私人问题。

"说吧。"我说，心里却加了一句，可爱的小白痴，就像我是他的父亲一样。假如我真是你的父亲，我也不知道该怎样说和该怎样做才能使你最终明白。明白什么？我不知道。

"好吧，"我说，"你有什么问题？"

"没什么。既然您说不行，我照办。"

"我的意思是没有命令不行，在时机不成熟的时候不要做。"

"伊曼纽尔医生，是因为病吗？"

"什么因为病？"

"我是说因为病使您的手抖成那样，并且……您有一只眼睛半闭着，而且在不断眨。"

"我还没有注意到。"

"您的病……有什么危险吗？"

"你为什么问这些，尤里？"

"没事，我只是想，如果您要教我实验室的事，如果有什么事……"

"什么事？"

"没事,您别担心,伊曼纽尔医生。请您把购物单和菜篮给我,我去蔬菜店和奇尔吉尔的铺子给您买齐您需要的东西。"

"你为什么这么关心我,孩子?是不是因为我要造的炸弹?"

"没有特殊的理由。我不知道。可能也是吧。"

"为什么也是?"

"因为您就好像是我的伯伯。不,我是指比伯伯还要亲的人。"

"那么你的父母呢?还有纳塔利亚伯母呢?"

"他们只会取笑我,说我胡思乱想。只有您不会笑我。"

"不会。我为什么要取笑你?"

"您不会认为我老在胡思乱想吧?"

"不,尤里,那不是胡思乱想。要不,是我俩在胡思乱想。"

一阵沉默。

而后,尤里又问:"伊曼纽尔医生,您的病会好起来吗?"

"我想不会,尤里。"

"可是我不想您死。"

"你为什么对我这样特别?"

"因为您不认为我是傻孩子。还有,您从来不对我撒谎。"

"你该走了,孩子。"

"可我不想。"

"你必须走。"

"好吧,我听您的。但是我还会来的。"

在关门的一瞬间,他从门道上,从门口留下一句话:"别死。"

他走了,留下一片沉寂。沉寂中,我的太阳穴充血悸动。米娜,我现在还有什么事没做呢?或许坐下来,为你抄下今早报纸的一些内容,因为你在纽约不可能具体了解巴勒斯坦所发生的一切。我要浏览一下标题,从中取舍。英军政府已经受够了我们的炸弹和传单,我们的代表团以及我们定时送达的令之烦恼的备忘录。这几个晚上,他们要实行宵禁,使耶路撒冷陷入死一般的沉寂,而翌日醒来,我们会发现他们已经整装离去。

尔后呢?米娜。

在英军总督的许可下,希伯来交通警察已经开始在特拉维夫执勤,八个警察分成两班;一个三十岁的阿拉伯姑娘在军事法庭受审,罪状是在那布勒斯地区的哈瓦拉村庄非法拥有一杆来福枪;一批大流散[①]的非法移民被引渡到汉堡,而

[①] 源自《出埃及记》,记载公元前1300年以色列人在摩西带领下离开埃及的故事。

这些移民表示要为抗拒引渡战斗到最后一个人；十四个盖世太保匪徒在吕贝克被判处死刑；里霍沃特的所罗门·切梅尔尼克先生被极端主义组织绑架并遭残酷折磨，但已安全无碍回家；"耶路撒冷之音"管弦乐队将由汉南·斯拉辛格指挥演奏；马哈特马·甘地的绝食进入第二天；歌唱家艾迪斯·德菲利浦本周不会出席耶路撒冷演唱会，音乐厅已经承认因为演唱会推迟所出现的问题。另一方面，雅法路的圆柱大厦两天前开幕了，里边有米柯林斯基、弗雷门和贝因商店，斯科尔医生的足疗诊所；根据阿拉伯领导人穆沙·阿拉米的意见，阿拉伯人绝不接受国家分治提议，毕竟所罗门王曾经传谕，反对骨肉分离的母亲是真正的母亲，犹太人必须承认这个谕旨的重要性；犹太人代表处负责人格尔达·麦尔逊同志反复宣称犹太人将致力坚持将耶路撒冷划入犹太国家治下，因为以色列的土地和耶路撒冷在我们心中等同。

昨晚深夜，一个阿拉伯人在贝特·哈克利姆和拜伊特·瓦根之间的贝尔纳迪亚咖啡馆附近袭击了两个犹太姑娘。一个逃脱了，另一个拼命喊救命。当地居民听到后，成功地解救了姑娘，并且截住了逃跑的歹徒。在奥肯纳警官调查过程中了解到这个人是广播局的一个雇员，是颇有影响的纳沙希比家族的远房亲戚。尽管如此，他还是被拒绝保释，对他的指控是严重的恶意侵犯。在他的辩词中,这个囚徒宣称当时在咖啡馆喝醉了酒,出来的时候看到两个姑娘在黑夜中相抱雀跃,因此受到刺激。

还有一条新闻:军事法庭的主审法官阿德尔勒中校在听审希罗摩·孟苏尔·沙龙的案件时,裁定疑犯散发颠覆性传单罪名成立,但发现该犯精神不健全。保释官格德维克兹先生请求法庭不要把他送进疯人院,理由是担心情况恶化,并请求法官判他在一个私人机构隔离,以使他本来就脆弱的智力不被盲信者利用于犯罪目的。主审法官阿德尔勒中校说不能同意格德维克兹先生的请求,因为这个请求超出了他的权力范围。他的责任是把这个不幸的人关押,等候代表英王的高级专员决定,可能是宽大处理,也可能是赦免。我转抄这些逸闻,无非是想让你对这里所发生的一些事有个清晰的了解。我的本意并非想避免陷入种种情感思维,不,决无此意。收音机传来利伯维兹的钢琴独奏,然后是布拉查·泽菲拉唱的几首歌。我在等候邻居来和我一起听新闻,可能有格里尔或者拉斯特格,也许还有里特瓦克。艾弗莱姆已经有好几天没见面了,纳查特希也失去了踪影,只有诗人内哈姆金在马拉齐大街上来回散步,用他的拐杖试验耶路撒冷铺路石的硬度,也许是在找空洞。根据他的神秘经卷记载,在我们居住的岩石下面有一道古代罅隙。他的信念实在是他的福气。我远方的贾西米,就在我写山岩下的罅隙之时,以前从未发生过的新疼痛发作了。然而,正如你离我而去之前不久启示我的,这是一种快意的刺激。很明显,在稍后的秋天里,纳斯博姆医生将开始失去排泄控制,不得不转到哈达莎医院住院。从那里的窗户里,他可以观察虚幻的沙漠晨光,看到莫阿伯山上的高楼在阳光下闪烁。达希金教授不会给我注射吗啡,也不会无谓地杜撰死亡的痛苦,对此我们有默认的协议。尔后,他会出现呼吸紊乱和视力模糊,心跳衰竭以致渐渐失去知觉。此后,病人只能偶尔说出有关的词语,可能是吐出德语词句,可能是低声呼唤你的名字,我真希望他不会尖叫。他的父亲和继母将来和他告别。他和父亲将竭尽全力用德语互相说一两件珍闻轶事,哪怕只是从牙缝里说出来。之后,一切都会变黑,他会挣扎一段时间,最多一两天。那将是一个多雨的季节,极可能在一月份。在圣赫德里亚或橄榄山上,雨会洒在他的墓地上。届时,他已无法知道耶路撒冷将会发生的事,也不会有人知道。似乎穆沙·阿拉米和格尔达·梅尔逊不会从他们现在的位置上下来。然而,艰难时刻终将过去,你会忘记他,忘记他的麻烦。或许你已经忘却。只有一个人可能会随着时间的消逝,以复杂的感情甚至是渴望记住他，那就是尤里，印刷商科罗德尼的儿子。米娜，我求你，假如耶路撒冷仍然存在，假如你能收到这些信，假如你想处理掉这些信，请你若干年后找到这个尤里，让他保存这些信。我希望你现在就开始厌恶我，对我失去信心。这就够了。

我写信的时候，印刷商科罗德尼和他的妻子、他的姐姐纳塔利亚，还有我们共同的邻居电器维修铺的诗人内哈姆金都坐在他们各自的阳台上。他们周围是栽在瓦罐里的天竺葵和栽在土盒里的仙人掌。那孩子呢？我恳求你保护那孩子，以防他产生潜入斯奈拉兵营向英军发动单枪匹马袭击的念头。我没有看到尤里。他们似乎一点也不着急，坐在那里漫谈政治，显得那么镇静。我想，他们镇静与不人道无关。他们的头顶是一盏发出黄色亮光的灯泡，团团飞蛾义无反顾地扑向灯火。印刷商科罗德尼是一位脸色苍白、性情温和的人。就是这么一个人，也因为某种理由穿上类似军装的衣服，咔叽短裤，黄铜扣的皮带，咔叽松紧长袜刚好在膝盖之下。诗人内哈姆金则穿着他常穿的波兰上衣，打着丝质领带。他这身行头，随时都可以出入正式场合。对我来说，似乎除了我们两个，社区里的每一个人或多或少都是前卫型的人。他们都具有积极向上、建设性的个性，不会惊恐，而死亡与他们无缘。他们在漫谈，发笑。科罗德尼太太在传递橙汁，但没有人喝。她心不在焉地笑着。什么是耶路撒冷的短暂？而什么又是它的永恒？将来，尤里回过头怀旧的时候，他会想到什么？波纹铁皮房，三夹板隔离间，空空的酸奶瓶，欧洲式的举止加上粗鲁的欢笑，这就是在沙漠边缘的移民城市，平平的房顶上晒着五花八门的床单；居民们额前戴着太阳镜，总是行色匆匆，一句常说的话是"我很忙，但是我可以只为你耽搁一会儿"；常用的词是"商务电话"，人们常常听到"请原谅，我们以后再好好谈吧，我得赶路。我们都有自己的事要做"。

米娜，我不是在抱怨。这是一个危急的时刻，不久就会有战争。每一个人，即便我这么一个人也必须为共同的事业做出小小贡献。也许，这是互相关联的最后一代。但是，这真的是最后一代吗？我所不了解的不同时代真的即将来临吗？

对我来说，似乎只有妇女不够坚强。她们在排队买米，排队买冰，等在煤油供应车前。她们似乎都在昏眩的边缘。夏日午后，当耶路撒冷经受沙漠阳光的煎熬，我常常可以听到科罗德尼太太在窗帘后弹琴，琴声如诉如泣。

英国人要走了，朱利安道的大卫王酒店将会因为那些头发梳得油亮齐整的军官们的离去显得空荡荡的，将会因为那些坐在露台上（有如坐在《圣经》描述的河岸垂钓一般）观赏老城墙内景致的身心疲倦的英国贵妇的离去而显得空荡荡的。奥利里的办公室里不再有每天早上面对英王画像的例行宣誓。阿拉伯理事会的马迪博士和哈达莎医院的纳斯博姆医生曾经在这里讨论如何保护城市供水不受细菌污染和摧毁科得隆河谷蚊虫孳生地的方法。不同的时代将要到来。"像你们这样的杰出人才，"马迪博士如是说，"如此一个智力超群、活力四射的群体，怎么会受如此可怕的犹太复国主义所左右？"我试图说服他："安东尼，看在上天的分上，想点办法，就这一次，请从我们的角度考虑问题。"而爱德华一如既往坚定地说："先生们，我们最好——假如不介意——回到手头议论的事吧。"

米娜，我亲爱的，手头的事是什么呢？

也许你知道。

屋外一片漆黑。蟋蟀，星星，还有风。我得停笔了。

1947年9月9日，星期二

亲爱的米娜：

我不会用"责怪"一词。我不能因为你在我梦中的所为而责怪你。可是，从某一点上说，也许你有责任。

你穿着军裤和有几个口袋的大号男式衬衫站在我床前，灰色的髭须，头发上甚至还带着香烟味。安东尼在触摸我的喉结，用双手拍打我的腮帮，使我在手术中保持扭动。他那文雅的脸贴得如此之近，使我能够看到他鼻梁上的粉红色镜框的黄色水汽。在他胡子的两翼稍微有点不对称。他两腮丰满，风度翩翩，他对我微笑的时候有一股古龙水的香味。"在那里，那里，"他用英语说，"让我俩一起试试。"两个身强力壮的年轻人按住我膝盖以上的腿部，很明显，他们的心思没有集中在手术上，因为他们在互相耳语和抿嘴微笑。你握着一把解剖刀，也许不是解剖刀，只是把厨刀，切面包的刀。萨摩法尔以他惯常的方式向你道谢。他微微鞠躬，从你手中接过刀。"慢一点，"你告诉他，"对他你没有必要着急。""那个部位。""现在是那里。""这里。"他戴着胶手套,完全按你说的操作。他涨红着脸,但切创口的动作出奇的轻柔。在我颈部以上剧痛之前,我必须立即和他们说些话。也许我要提醒安东尼,去年冬天的一个深夜,他是怎样来看我的。他求我治愈他明显在一次出差贝鲁特时感染的淋病。我把他留在家里待了四天并给他打针。我答应安东尼把这个秘密带进坟墓。我会保持沉默。真是奇怪,在我喉管那深深的一刀并没有出血,也没有痛苦。相反,我感到放松。"做完了吗,奥斯沃尔德医生?"本-古里安问,有点不相信自己的眼睛。"这是一个非常简单的手术。"我动动嘴唇,会诊已经结束。

大雨把我吵醒了,但灯光拒绝出现,似乎是耶路撒冷电力供应出了问题。我划着火柴,看了看表。一点钟。我必须起来。风夹着雨打在窗户上。秋雨终于来了。夜间围着阳台灯光乱扑的飞蛾被雨水冲走了。松树和岩石在忍受风雨打击,灰尘被冲刷得干干净净,纯洁如斯。

我必须穿好衣服,立即出去。米娜,我该去何方?死的祈福,而不是主的赞礼。你说过,在纽约一个新维也纳学校有个聚会,你必须到那里去做报告,内容涉及加利利山区和杰兹里尔山谷正在兴起的集体农庄重现,以及有百年历史的种族神经官能征隐退的起源。女士们先生们,一定能找到一种方法，您可以向有学识的难民宣布，有一条道路在您的面前敞开。

你也会向他们说起我吗？你会至少把我作为例证，一种奇特的现象，一种给那些在古老山丘的新拓荒者于启示或教训吗？

我必须出去。就在今晚。立即。可能到卡特蒙，去敲开安东尼的门，说尽好话恳求他，和他争辩，为我们的孩子们（他的和我的）的生命争辩。或者不去卡特蒙，到海法去，到山谷的基布兹去。会不会太迟了？此时的风雨是不是对我有所预示？斯奈拉的钟响了一下，两下，静止了。我在煤油灯下给你写信，身上披着灰色法兰绒睡衣。我必须穿好衣服出去。有一条路向我敞开。内哈姆金先生说过，幸福属于等待者，他一定会如愿以偿。那些等候的人则永远也不会实现目标。我亲爱的伙伴，只有旅行的人才能实现目标。那目标又是什么？有一条路，我必须起来出去。米娜，是哪一条路？这是我所不知，但我们有一个儿子，他有能力旅行在这条路上。那个正在给你写信的男人累了，病了。他必须给自己打一针，吃药，然后赶快上床去。够了。我儿时维也纳的地区教堂上的铭文是使用四种语言刻上去的，用四种语言告诫男女信徒回头是岸。这是谎言，我告诉你，一个彻头彻尾的谎言。

我必须走，不是今晚，而是明天早上。我必须去斯格帕斯山，去告诉达希金，我答应过要告诉他。我的病情在恶化。我不可能在耶路撒冷制造一个小小的奇迹，去超越马迪博士，或者做一次探索，一次可能使军事形势彻底转变的探索。今天早上，哈格纳的短波广播在播放着一首歌："脚踩露水头顶星星，杰兹里尔山谷爱情闪现"。但是，在玛拉齐街，在阴暗的晨光中，树木开始泛白，雨还没有停下来。正如我早些时候写的，所剩时间已经不多。你找到了我，利用了我，然后抛弃了我。有一日，你会回到耶路撒冷，作为一位知名妇女、教授、新秩序的先锋。你将带给新的犹太国家新鲜的方法，我的死甚至可以增加你的知名度。在时间的长河中，人们可能错误地把我算作受害者。在你的背后，人们将会说奥斯沃尔德教授在战争中失去了年轻的未婚夫，一个出生在维也纳的学者。耶路撒冷将扩大面积，成为一个大城市。年长的男男女女将在她的街区里住下来，在那里幸福地生活。没有敌人威胁她的大门，这正是我的邻居诗人内哈姆金先生预言的。城里将会有通衢大道，有街车把社区串通，住宅和高楼将会如雨后春笋般建起来，或许还会在这里开挖一条河，架上桥梁。耶路撒冷将会成为美丽宁静的城市。

现在，我要结束这封信了。爱你的伊曼纽尔将回到床上去。我已经完成了时间和地点的记录，这个证人就要离开证人席。他希望终有一天，时间、地点和证人将会获得某种谅解，也许在尤里的企盼中。晚安。一切都会好起来的。

1947 年 9 月 10 日，星期三，凌晨